Потому что ты особенный!
5
時々
ロシア語でデレる隣のアーリャさん
Иногда Аля внезапно кокетничает по-русски
JN048116

「気にするな……
少し、オレの
あどけなさが
出てしまっただけさ」

「あ、あの、そんなに見られるのは流石にちょっと……」

「ちょ、こっち見ないでって!」

「……ああ、目つきが悪いのは自覚してます」

目次

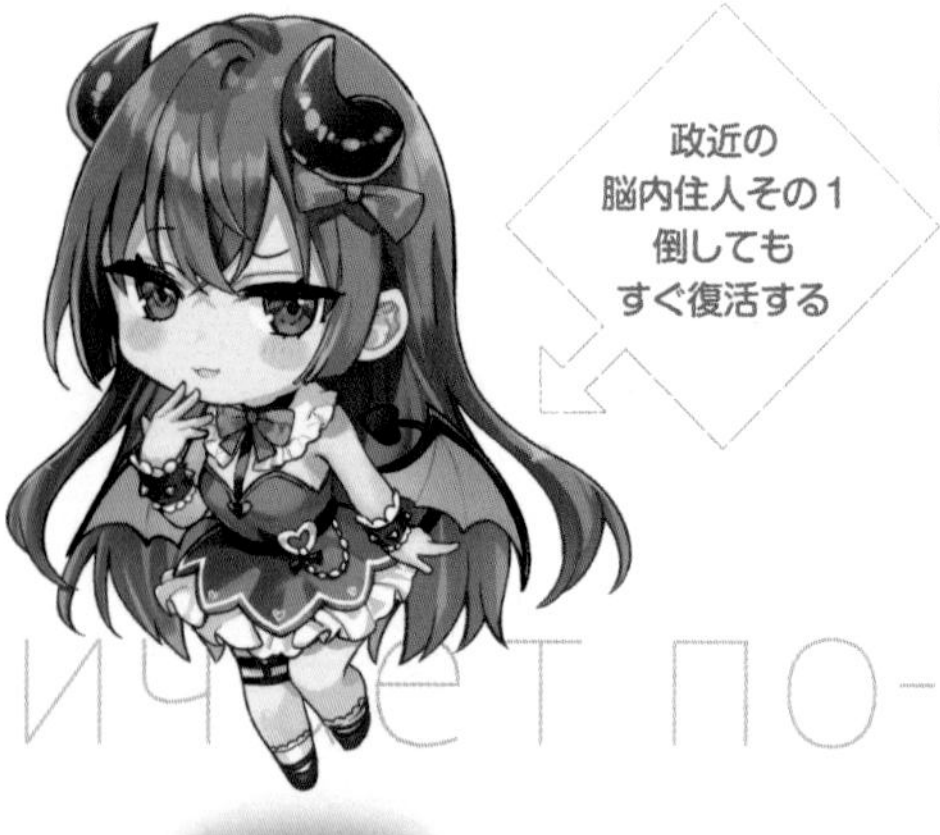

政近の
脳内住人その1
倒しても
すぐ復活する

時々ボソッとロシア語でデレる隣のアーリャさん5

燦々SUN

角川スニーカー文庫

23439

Illustration：ももこ
Design Work：AFTERGLOW

プロローグ　出会い

「今回は自信あったのに……」

「あんなに練習したのに、なんで……」

「またあいつが一位かよ……大して練習してないくせに」

「お父さんが、一番になれないなら意味ないって……もうやだ。もう、やめたい……」

　それは、きっともっと以前から、常に周囲に存在していたもの。政近《まさちか》がそれらをはっきりと意識したのは、久世《くぜ》の祖父母に預けられてすぐのことだった。

「今回もあの子がトリなの？　先生がひいきしてるんじゃないかしら」

「なんでも、家がすごい旧家らしいわよ。きっと先生も遠慮してるのよ」

「なんでうちの子が選外なんですか！　採点がおかしいんじゃありません!?」

「ほらあの子。あの子はもう、殿堂入りみたいな形にした方がいいんじゃありません？ほら、より多くの子供にチャンスを与えるって意味で……」

　周囲で渦巻く、報われなかった者の嘆き。そして、自分に向けられる敵愾心《てきがいしん》と忌避。それまで家族のことで必死だった政近は、周防《すおう》家を離れたことで、皮肉にもそれらに気付く余裕が出来てしまった。

「あ～あ、天才はずるいよなぁ」

それは以前、とあるピアノコンクールで優勝した時、同じ出場者の誰かに言われた言葉だった。

ずるい……たしかに、そうなのだろう。何をするにも、教えられた通りのことをある程度の時間やれば、いつだってそれ以上の結果が付いてきた。そこには、苦悩も挫折もない。壁にぶち当たるどころか、段差らしきものすら感じたことがない。他の人が血のにじむような努力をしても出来ないことを、政近は片手間に出来てしまう。小さい頃から普通の人よりも多くの習い事を掛け持ちしていたが、そのどれにおいても、政近は常にトップだった。

水泳教室では誰よりも速く泳げたし、空手では毎日道場に通っている子よりも早く黒帯を取った。ピアノの発表会では毎回トリだったたし、習字教室ではいつも一番目立つところに作品を貼られた。それだって別に、好きだったからやっていたわけじゃない。情熱なんて、最初っからなかった。ただ、祖父の期待に応えたい。母に褒められたい。妹を安心させたい。ただ、それだけだった。それだけ……

(あれ？　じゃあ、なんで今も習い事をしてるんだろう？)

母は、もう褒めてくれないのに。祖父には、失望されてしまったのに。それに学校であんなことをやらかしておいて、今更妹を安心させるも何もないんじゃないのか？　これ以上、才能《ずる》で他の人の努力を踏みにじることに、何の意味が……そこまで考えて、ようやく気付いた。

「意味がないなら……やめた方がいいじゃないか」

きっと今までにも……政近の輝かしい経歴の裏で、涙を呑《の》んでいた人はたくさんいたのだ。心からの情熱を持って、身を削るような努力をしてきた人達が。彼らの尊い努力に気付きもせず……今まで無自覚に、ずいぶんと罪深いことをしてしまった。

「……虚《むな》しい」

今までの自分の行いも、何にも情熱を抱けない自分自身も。その全てが、虚しい……

「政近ちゃん、水泳教室の時間よ？」

いつものように部屋に呼びに来た祖母の言葉にも、もう政近の心は動かない。

「……行かない」

「え？　あぁ……そうね、じゃあ今日はお休みって──」

「もう、行かない。やめる。もう全部やめる」

「……そう。政近ちゃんがやめたいなら、それもいいかもしれないわねぇ」

投げやり気味に淡々と告げられた言葉に、祖母は何かを察したように頷《うなず》いた。否定も質問もない、静かな許容。その祖母の優しさが、どうにも居心地が悪くて。政近は縁側からこっそりと外に出ると、当《あ》て所《ど》なく歩き始めた。そうして商店街に差し掛かったところで何やら賑《にぎ》やかな音が聞こえてきて、ふと目を向けると、そこにあったのはゲームセンターだった。

（ゲーム、か……）

学校でクラスメートが話していたのを思い出す。どうやら、普通の小学生はテレビゲームというものに熱中するらしい。しかし、他でもない厳清《げんせい》が害悪と断じていたため、政近は今までテレビゲームというものをやったことがなかった。

「……」

不意に湧き上がった祖父への反抗心から、政近はゆっくりとゲームセンターに足を踏み入れた。そうして、パッと目に入った、ゾンビを撃っていくシューティングゲームをプレイする。最初こそ操作方法がよく分からずに瞬殺されたが、四回もプレイすればコツが摑《つか》め、七回目のプレイで無事最終ボスを倒した。すると、画面にスコアが表示され、Ｂランクという評価が下される。

「……ああ、攻撃を食らう回数と使う弾を減らした方が、得点が上がるのか」

妙にあっさりとクリア出来たと思ったら、どうやら勝負はこれかららしい。今の自分は、テストで全問解けただけ。ここから更に、どれだけミスを減らして得点を上げられるか。それが本当の勝負なのだろう。

「まあ、どうせなら満点を目指すかな」

その後、政近は後ろに人がいないのをいいことに、納得いくまで連続でプレイをした。そうして、ようやく満点と思えるプレイが出来た時には……ランキング上位は、見事に自分の名前で埋まっていた。

「……こんなもんか」

途端、急激に興味が薄れ、政近は続いてクレーンゲームに向かった。しかし、これも数回でコツを掴むと、あとはひたすら景品を乱獲するだけの作業と化してしまう。それに、別に景品が欲しかったわけでもないので、取れそうなものを全部取った後は、周りで見ていた観客に全部配ってしまった。そんなことを何日も続けている内に、近隣のゲームセンターは残らず出禁になってしまった。

「ま、噂が広がってたかりみたいなのも来てたし、仕方ないか……」

そう自分を納得させようとするが、胸に残るモヤモヤとしたものは消えない。こんなところでも、優れ過ぎた人間は排除されるのか。そんなやるせない思いが湧き上がるのを、どうにも止めることが出来なかった。

「ハァ……どうしよう、これ」

両手に抱えた巨大なクマのぬいぐるみを見下ろし、政近は溜息《ためいき》を吐く。これは、店員にやんわりと追い出された時に、たまたま持っていたクレーンゲームの景品だった。返してやるのも癪《しゃく》で、持ってきてしまったが……これはどう見ても女児向けだ。喘息《ぜんそく》が酷《ひど》い有希《ゆき》はぬいぐるみを持てないので、渡すとしたら綾乃《あやの》だが……周防家に戻る目途が立っていない今、いつ会えるのか全く分からない。そもそも、渡すにしてもどんな顔をして渡せばいいのか。

「……おばあちゃんにあげるかなぁ」

そんなことを呟《つぶや》いていると、気付けばたくさんの遊具が置いてある公園の前に来ていた。何気なくそちらに目を向ければ、同い年くらいに見える女の子が五人集まっているのが見える。それと同時に、その中の一人に自然と視線が吸い寄せられた。

（え、天使……？）

一瞬の忘我。同時に、自然とそんな感想が浮かんだ。それくらい、現実離れして綺麗《きれい》な女の子だった。光を眩《まばゆ》く反射する白い肌。ふわふわとした長い金の髪。キラキラと輝く青い瞳。息を呑むほどに美しく愛らしい容姿。しかし、今その愛らしい顔は困惑と悲哀に曇っており、必死に何かを訴えている様子だった。

「ない、すぅ、れす、か？」

「ちょっと、何言ってるか分からないんだけど～？」

「ちゃんと日本語しゃべってよぉ～マリヤちゃ～ん」

たどたどしい日本語を一生懸命話す少女を、周りの女子はニヤニヤと意地悪な笑みを浮かべて見ている。それに対して、少女はますます必死に言葉を紡ぐが、四人は恐らく察しはついているだろうに、なおも「分からない」「日本語下手過ぎ」などと意地悪に煽《あお》り立てた。その光景に、政近は既視感を覚えて顔をゆがめる。

少女を嗤《わら》う、四人組の醜悪な表情。自分達よりも優れた、異質な存在を貶《おとし》め、傷付けようという悪意に満ちた顔。それは……政近にしつこく絡んできて、政近が暴力で排除した、クラスの男子達と同じ顔だった。

【もうやだ……全然、伝わらない……】

とうとう、ロシア語で泣き言を漏らしてしまった少女に、他の四人はここぞとばかりに声を上げる。

「ちょっとちょっと～！　ホントに何言ってるか分からないんですけど～？」

「ごーにいってはごーにしたがえって知らないの～？　外国人じゃ知らないかぁ～」

「あぁ～あ、せっかく誘ってあげたのに。もういいよ、マリヤちゃんは放っておいてあたし達だけで遊ぼ～？」

「そだね～」

聞こえよがしに悪意に満ちた言葉を残し、四人は少女を置いて駆け出した。その後を一瞬追おうとし、少女はきゅっと両手でスカートを掴むと、その場に立ち尽くす。

「……」

あまりにも気分が悪い光景に、政近は一瞬、走り去って行く女子四人の背中を、思いっ切り蹴り飛ばしてやろうかと考えた。しかし、政近はすぐにその暴力的な衝動を抑え込むと、一人取り残された少女に目を向ける。

淡いピンク色の唇を引き結び、今にも泣きそうなのを堪えている健気《けなげ》な姿。その姿に、政近の胸がぎゅうっと苦しくなる。そうして気付けば、少女に歩み寄り、慣れないロシア語で話し掛けていた。

【大丈夫？】

その問い掛けに、少女は弾かれたように顔を上げる。そうして、うっすらと濡《ぬ》れた目を大きく見開き、政近をまじまじと見た。

【え、今……？】

【ロシア語、話す……少し？】

単語を繋《つな》ぎ合わせただけの、稚拙にも程があるロシア語。しかし、少女はパァッと華やいだ表情を浮かべると、全身で喜びと興奮を露《あら》わにする。

【え、ロシア語が話せるの？　すごいすごい！】

「っ！」

正直、正確な意味は理解できなかった。しかし、なんとか拾えた単語から、すごく褒められているということは理解できた。何より、その純粋な称賛にキラキラと輝く瞳が……政近の心を、強烈な衝撃と共に揺さぶった。

【わたし、マーシャ！】

「え、あ……？」

【マーシャ！】

自分でも予期せぬ心の動きに政近が困惑している間に、少女はニコニコと笑いながら告げる。最初は知らないロシア語かと思ったが、続く問い掛けですぐにその意味が理解できた。

【名前、何？】

「んん……？　あぁ、名前！　えっ、と……マー？」

【マーシャ！】

「マーチャ？」

【マー、シャ！】

「あぁ、マーシャ？」

そう確認すると、少女……マーシャは嬉《うれ》しそうに何度も頷く。そして、政近の方を手のひらで示してもう一度言った。

【名前、何？】

「あ……政近。周防、政近」

【シュオゥ、マシャチカ？】

「政近。ま、さ、ち、か」

【！　マサーチカ！】

「う、ううん？　まぁ……いっか」

なんだかロシア人っぽい名前にされたことに小首を傾げながらも、政近はぎこちなく頷く。すると、マーシャはニコニコと笑いながら視線を少し下げて言った。

【この子は？】

「え？」

【この子の名前は？】

「？　ああ！」

一拍置いてぬいぐるみの名前を訊《き》かれているのだと悟り、政近はカッと頬《ほお》が赤くなる。この天使のような少女に、〝ぬいぐるみを持ち歩く男子〟だと勘違いされたことが、凄《すさ》まじく恥ずかしかったのだ。

「違っ――えっと、ゲームセンター……で通じるのか？　ゲーム、センター」

マーシャの反応を窺《うかが》い、通じてないと判断した政近は、再びロシア語を頭の中から引っ張り出す。

【プレゼント……ゲーム、プレゼント。欲しくない。あげる】

【？　え、くれるの？】

【あげる】

そう言ってずいっとぬいぐるみを押し付けると、マーシャは一瞬戸惑った表情を浮かべた後、ニパッと笑みを浮かべた。

【うわぁ本当に？　ありがとう！　カワイイ～♡】

この上なく嬉しそうにぎゅぅっとぬいぐるみを抱き締めるマーシャに、政近はなんだか自分も抱き締められたかのような感覚を覚える。なんとも言えない恥ずかしさと嬉しさに顔を背ける政近に、マーシャは再度問い掛けた。

【それで、この子の名前は？】

【ない。名前、ない】

【そうなの？　う～ん、それじゃああなたの名前は、サムイル三世！】

「……」

よく聞き取れなかったが、なんだかとっても個性的な名前を付けられた気がして、曖昧な笑みを浮かべる政近。その政近の手を取り、マーシャはドーム状の遊具を視線で示した。

【マサーチカ、遊ぼ？】

「えっと？」

【競走！】

「な、何が？　あ……」

手を引かれるまま、政近は走り出す。始めは天使かと思った少女は、天使ではなく天真《てんしん》爛漫《らんまん》な少女だった。けれど、そのあまりに無邪気な笑顔が……ずっと忌避と嫌悪の表情に晒《さら》されていた政近にとっては、ひどく衝撃的で。マーシャと言葉を交わし、一緒に遊ぶ中で、政近は乾き、ひび割れていた心が、ゆっくりと癒《いや》されていくのを感じていた。もっと彼女と話したい。もっと、彼女にいいところを見せたい。

それ以来、大して興味もなかった祖父のロシア映画にも、積極的に付き合うようになった。一度はやめようとした習い事も、また少しずつ通うようになった。あるいはそれは、マーシャを母親の代わりとして扱っていただけなのかもしれない。母が与えてくれなくなった承認を、称賛を、彼女に求めていただけなのかもしれない。

それでも……それは、確かに恋だった。

【どうしたの？　マサーチカ】

【う～ん……そのマサーチカっていうの、なんだかロシア人みたいだからやめない？】

【そう？　ん～～じゃあなんて呼べばいい？】

【せめて、〝くん〟付けすれば日本人らしくなると思うんだけど……】

【そっか……じゃあ、〝さーくん〟ね！】

【いや、〝さー〟残しちゃうの？】

それでは、ロシア人っぽさが微妙に残ったままじゃないか。そんな風に考えて苦笑する政近に、マーシャがニコニコと笑いながら顔を近付けた。

【それじゃあ、わたしは？】

「え？」

【わたしのことは、なんて呼ぶ？】

なんて呼ぶも何も、〝マーシャ〟の時点で既に愛称だ。これ以上変えるつもりなどなかった……のだが、マーシャの期待に輝く瞳を見ては、そんなこと言えるはずもなく。

「う～ん……」

パッと思い付いたのは、順当に〝ちゃん〟付けで返すという案。しかし、その呼び方は子供心にもかなり恥ずかしくて……

【ね、どんな名前？】

「う……」

だが、そう迫られてしまえば、やめるという選択肢は頭から消えてしまって。政近は、視線を逸《そ》らしながら躊躇《ためら》いがちに口を開いた。

【それじゃあ……】

第1話 再会と決別

「まー、ちゃん？」

記憶の奥底から蘇《よみがえ》ってきたその呼び名が、自然と政近《まさちか》の口から零《こぼ》れ落ちる。すると、マリヤは切なげな笑みを浮かべたままゆっくりと頷《うなず》いた。

「うん……わたしだよ。さーくん」

その言葉に、ずっと靄《もや》の向こうに隠れていた〝あの子〟の面影と、目の前のマリヤの容姿がしっかりと重な……重な………

（いや、重ならんよ？）

あの子……否《いや》、まーちゃんの姿はようやくはっきりと思い出したものの、ちょっと目の前の先輩とはいろいろな部分が違い過ぎる。身長や体形が全然違うのはもちろんとして、髪の長さどころか色まで変わっているし、ついでに瞳の色まで変わっている。色彩が金髪青目から茶髪茶色目になったことで、雰囲気がガラリと変わっていた。かつての天使そのものといった感じの少女と、目の前の包容力溢《あふ》れる落ち着いたお姉さんが、どうにもイメージ一致しない。

（これは気付かなくても仕方ない……って言っても、二カ月以上気付かなかったのは自分でもどうかと思うけども！）

猛省しつつ、政近はなおも半信半疑でマリヤに問い掛ける。

「えっと……まーちゃん、なんですよね？　六年くらい前に、この公園でいつも一緒に遊んでた……？」

「うん、そうだよ」

「あ、え、っと、それはなんというか……」

全くの予期せぬ再会に加えて、再会したかつての想い人が既に見知った人だったという事態に、流石の政近もどうすればいいのか分からなくなる。

不明瞭な言葉を漏らしながら視線を彷徨《さまよ》わせる政近に、マリヤは小さく笑みをこぼしてからそっと手を取った。

「とりあえず、涼しい日陰に行こっか？」

「あ、はい」

「もぉ……敬語。へんなの」

「あ～……」

たしかに昔はタメ口だった。そんなことを思い出しながら、政近は手を引かれるままに木陰のベンチに移動する。そうして並んでベンチに座ってから、政近はようやく考えを整理し、質問するだけの余裕が出来た。

「えっと……いつから、気付いてたんでしょ？」

口から出たのは、なんだか敬語とタメ口の中間みたいなしゃべり方。しかし、マリヤは特に気にした様子もなく、前を向いたまま淡々と答える。

「ん～生徒会室で会ってすぐ？」

「いっちばん最初じゃないですか⁉」

「うん。名字が違う気がするから『あれ？』と思ったし、試しにロシア語で話し掛けても反応がないから、チラッと『人違いかな～？』とも思ったんだけどね？」

少しおかしそうにそう言ってから、マリヤは政近の方を向く。そして、愛《いと》おしそうに目を細めながら言った。

「でも、さーくんはやっぱりさーくんだったから……やっぱりそうなんだなぁって。それに、これ……」

「え、なに……？」

戸惑う政近に構わず、マリヤは政近の右肩に触れると、そっと優しく撫《な》ぜる。否、マリヤが撫でているのは、肩ではなく……そこにある古い傷痕だった。

「さーくんが、わたしを護《まも》ってくれた痕……こんなの、間違えようがないでしょ？」

「ああ、それはそう、ですね」

「ふふっ、だから敬語」

「あ、いや、うん……」

そうは言われても、まだ政近にとって、目の前にいるのはまーちゃんではなくマーシャさんだ。そう簡単に意識を切り替えることは出来ないし、かつてのように気安く接するには、あまりに長い時が経《た》ち過ぎた。

「えっと、にしても、すごい偶然ですね？　よりにもよってここで再会するなんて、偶然にしても出来過ぎっていうか……」

「偶然じゃないよ」

「え──？」

対応に困って話を逸らした政近に、マリヤは真剣な顔で静かに告げる。

「わたし、この休み中に会えなければ、諦めようと思ってた。だから……これは運命、だよ」

「う、運命って……いや、たしかになんかドラマみたいだなぁとは思いますけど、それはいくらなんでも大袈裟《おおげさ》じゃ……」

引《ひ》き攣《つ》った半笑いで否定をするも、マリヤの態度は変わらず。その真っ直ぐな瞳に、政近は自然と声をフェードさせた。そして、笑みを消すと静かに問い返す。

「運命って……どういう意味、ですか？」

それは、無粋で野暮《やぼ》な問い掛けだっただろう。しかし、マリヤは躊躇《ためら》うことなく、真っ直ぐに答えた。

「……合宿の時、言ったでしょう？　運命の相手って、そういう意味よ？」

それは疑いようもない、愛の告白で。政近の心臓が不規則な鼓動を刻み、反射的に否定の言葉が口を衝《つ》く。

「いや、いやいやいやいや、おかしいおかしい」

「なんで？」

「なんでって……いや、好かれる理由がないですし。俺はもう周防政近じゃないし、マーシャさんに好かれるようなことした覚えがないですから。むしろ、情けないところを見せてばっかりで……」

次々と自分を否定する言葉を並べる政近に、マリヤは少し寂しそうに笑ってから言った。

「うん……そうね。久世《くぜ》くんは、さーくん《さーくん》とはいろんなところが違うわね」

「でしょう？　っていうかそもそも、今思うと昔の俺もなかなかにクソガキだったし……自慢話ばっかりで、ウザい奴じゃありませんでした？」

「ふふっ、そうね～ウザいとは思わなかったけど、自慢話は多かったかも」

「う、やっぱり……」

分かってはいたものの、肯定されればやはり居た堪《たま》れなくなる。消え入りたくなるような羞恥心に身をよじる政近の前で、マリヤは昔を懐かしむように遠くに目を向けた。

「いつも得意げに、『どうだ！　すごいだろ！』って感じで笑ってて……」

「う……」

「わたしが褒めると、本当に嬉《うれ》しそうに笑って……ふふっ、可愛かったなぁ」

「か、可愛い……」

完全に子供扱いされていたという事実に、政近は肩を縮こまらせる。その傍らで、マリヤはふっと笑みの種類を変えた。

「本当は苦しいのに、『自分には苦しむ資格なんかない』って思い込んで、いつだって無理に笑ってて……」

「……え？」

急に話の流れが変わって、政近は目を瞬かせる。その政近を真っ直ぐに見つめて、マリヤはどこまでも優しく告げた。

「そんな久世《さーくん》くんの笑顔を、わたしは何よりも愛おしいと思うの」

「っ！」

「本当は誰よりも優しくて思いやりに満ちてるのに、自分のことを認めてあげられなくて、笑顔の裏で自分を傷付けて……そんな姿を見ると、力いっぱい抱き締めてあげたくなるの。ぎゅーって抱き締めて、頭を撫でて、ほっぺにキスをして……『頑張ってるよ』『もう自分を嫌いにならなくていいよ』って、何度も何度も伝えてあげたくなるの」

そう語るマリヤの、慈愛と熱に満ちた瞳。それを見て、政近は現実逃避気味に思った。

（え、つまりダメ男好きってこと？）

そして、すぐにその無粋な考えを掻《か》き消した。

（んん、っと……あれか？　一生懸命虚勢を張ってる男を可愛いと思う……みたいな？）

マリヤの言葉をなんとか理解できなくもない解釈に落ち着かせ、政近はマリヤの熱っぽい視線を躱《かわ》すように、口の端を吊《つ》り上げる。

「いや、そんな影を背負ったダークヒーローみたいな……俺はそんな、かっこいいもんじゃないですから」

別に、そんなすごい悲劇的な過去なんて背負ってはいない。ただ、子供が癇癪《かんしゃく》を起こして家出して、そのまま帰れなくなっただけ。そして、そのことをいつまでも引きずっているだけだ。言葉にしてしまえばなんともしょうもない。

そんな風に自嘲する政近の前で……マリヤは何かを堪えるように、小刻みに体を揺する。

「そんな、可愛い顔をされると……」

「え？」

そして、小声で何かを呟《つぶや》いたかと思うと、いきなりガバッと政近に抱き着いた。

「ぎゅーっ！」

「うぉえぃ!?　なんで!?」

「久世くんが、いけないいんだから！　そんな可愛い顔で、わたしを誘惑するから！」

「何が!?」

突然力いっぱい抱き締められ頰《ほお》に頰を押し付けられ、政近は目を白黒させる。あらゆる思考を一撃で吹き飛ばす、お姉さんの圧倒的肉体言語。マリヤの女性らしさに富んだ肢体の感触や、鼻腔《びこう》を刺激する甘い香りといった超密度の情報が、政近の脳を埋め尽くして一瞬でオーバーヒートさせた。

（や、やわらか〜い。いいにお〜い）

一気にクロックダウンした脳みそで、まるで小学生のような感想を抱く政近。その耳朶《じだ》を、微《かす》かな震え声が撫でる。

「（ホントに……さーくんだ……っ）」

その瞬間、政近はきゅぅっと胸を締め付けられる感覚と共に、急速に正常な思考を取り戻した。

（そう、いえば……）

マリヤの口ぶりから察するに、今日ここで二人が再会したことは偶然ではない。つまり……マリヤは今までも、折に触れてこの場所を訪れていたのだ。旧友との再会を期待して。会える確証など、ひとつもありはしないのに。

（なんだよ、それ……そんなの……）

そのあまりの健気さに、体に伝わる微かな震えに、政近は急に泣きそうになった。胸の奥から熱いものが込み上げてきて、衝動的に目の前の少女を抱き締め返したくなる。

「マーシャさ——」

胸に迫る感情のままに、政近が両腕を持ち上げた……その瞬間。

「あぁ〜！　マリヤお姉ちゃんがデートしてるぅ〜！」

子供特有の甲高く無遠慮な叫び声に、政近は思わずそちらを振り向いた。すると、そこには十歳かそこらに見える小学生七人組が。マリヤも彼らに気付いたようで、照れた様子で頬を掻《か》きながら体を離す。結果、政近の両腕は空を彷徨い、パッと膝の上に戻された。

「あ、あ〜……恥ずかしいところ、見られちゃったわね〜」

「……知り合いですか？」

「あはは、時々一緒に遊んでるお友達……」

そんなことを話していると、七人組の内の女の子三人が、目をキラキラさせながら駆け寄って来た。その後ろを、なんだか不審そうな顔をした男子四人が付いてくる。

「ねね、もしかしてその人が、マリヤお姉ちゃんが言ってた人？」

先頭の女の子が、興味津々といった様子でマリヤに尋ねる。するとマリヤは、はにかみながらもはっきりと頷《うなず》いた。

「うん……わたしの、好きな人」

「「「きゃぁぁ――――!!」」」

マリヤの告白に、女の子三人が黄色い声を上げる。と、同時に、

（あれ、なんだ？　今、幼気《いたいけ》な少年の初恋が、無残に砕け散る音が聞こえた気が……しかも四重奏で）

それが政近の勘違いではないのは、女の子達の後ろに立つ男の子四人の顔を見れば明らかだった。何しろ、揃いも揃って瞬《まばた》きすることも忘れた様子で固まっているから。

「ね、ね！　どこが好きなの!?」

「ちょっと、ジャマしちゃダメだよ」

「そ〜そ〜。えっと、あとは若いお二人で〜？」

「アハハ、なにそれ〜」

なんとも姦《かしま》しく騒ぎながら、女の子三人はピューッと去って行く。その際、呆然《ぼうぜん》としている男子を回収することも忘れない。いっそ見事な撤収っぷりだった。

「……最近の女の子って、ませてるなぁ」

「ふふ、そうね〜」

嵐のような三人組に、思わず呆気《あっけ》に取られて漏らした言葉。それに同意で返され、政近はハッと我に返った。そして、先程のマリヤの発言を思い出し、途端に落ち着かない気持ちになる。

「えっと、その、さっきの……」

「うん？」

「ンンッ、その……好きな人っていうのは……？」

恐る恐る尋ねると、マリヤは静かな笑みを浮かべたまま頷いた。その大人っぽい笑みに、政近の心臓が跳ねる。

「うん……好きだよ？　ずっと好き。あなただけが、ず〜っと好き」

それはどこまでも正直で、真摯な愛の告白。それを受けて……政近の心に広がったのは、悲しみだった。

「だったら、なんで……」

「え？」

「なんであの日……俺を、捨てたんですか」

「え、え？」

戸惑った様子で何度も瞬きをするマリヤに、政近は苦しい思いを吐き出すように、記憶の彼方《かなた》から蘇《よみがえ》った、別れの日の言葉をぶつける。

「あの日、言ったじゃないですか。もうお別れだって。あなたは運命の人じゃないから、もう会わないって！」

「え、え、ええー！」

政近の訴えに、マリヤは目を見開いてのけ反ると、次の瞬間大きく頭を振った。

「い、言ってない！　そんなこと、言ってないよ!?」

「でも、たしかに……」

「たしかにお別れだって言ったけど！　その後が違う！『あなたが運命の相手じゃないならもう会えない。けど、運命の相手だったらもう一度会えるはず』って言ったんだよ!?」

「……ええ？」

マリヤの弁解に、政近は懐疑的な声を漏らしながらも記憶を遡る。そうしてみると、たしかに「もう会わない」という発言の後にも、マリヤは何かを言っていた気がした。ただ……冒頭の言葉が衝撃的過ぎて、政近がその後を聞き逃してしまっただけで。

そう、聞き逃してしまったのだ。そうして我に返った時には、マリヤはもういなくて……その後、何かの間違いだったんじゃないかと何度も公園に通うも、やっぱり会うことは出来なくて。

政近は、目を逸《そ》らした。深く考えることもせず、「あの子も母と一緒で、俺を裏切ったんだ」なんて、悲劇に酔った安直な結論に逃げた。そして、母の思い出と一緒に「嫌な思い出」というレッテルを貼り付けて、記憶の奥底に封じたのだ。逃げずにもっとよく考えれば、真実に辿《たど》り着けたかもしれないのに。

「は、はは……」

猛烈な虚脱感に襲われ、政近は乾いた笑みを漏らす。こんな馬鹿馬鹿しい勘違いで無意味に傷付いていたかと思うと、当時の自分が滑稽で仕方がなかった。そんな政近に、マリヤは心底申し訳なさそうに眉を下げながら言う。

「その……ごめん、ね？　大切なお別れの言葉は、ちゃんと日本語で伝えたくて……でも、わたしが慣れない日本語を使ったせいで、誤解させちゃったんだね……」

「あぁ……いや、俺の早とちりが原因っぽいので、マーシャさんが気にすることはないです……」

たしかにマリヤの言う通り、当時のマリヤの日本語がたどたどし過ぎたせいで、誤解を招いた可能性は大いにある。だが、それと同じくらい、政近の中で過去の記憶が改悪されている可能性もあった。特に幼少期の記憶など、良くも悪くも自分に都合がいいように改変されるものだから。

いずれにせよ、実際のところどうだったのか。今となっては確かめる術《すべ》もないのだから、考えても仕方がないことだった。

「ごめんね……？」

しかし、マリヤは悲しげな声で再び謝罪すると、優しく政近を抱擁した。そのひどく落ち着く感触に、政近は身を委ねそうになって……マリヤの愛の告白が脳裏に蘇り、急速に居心地が悪くなった。

「あの、俺……」

歯切れの悪い政近に、マリヤは全てを理解した様子で頷く。

「大丈夫……いいの、今すぐ告白の返事をもらおうとは思ってないから」

「え……」

「だって、久世くんわたしのことをそういう対象として意識してなかったでしょ？」

「う……」

本当に全てを見透かされているようで、政近は先程とは別の意味で居心地が悪くなる。気まずい表情で固まる政近に、マリヤはくすくすと笑いながら体を離すと、穏やかな声で続けた。

「それに……もう、気付いてるんでしょ？　アーリャちゃんの気持ち」

「！」

まさかマリヤからそのことに言及されるとは思わず、政近は息を呑む。どう反応すればいいのか迷う政近の前で、マリヤは少し面白そうに笑みをこぼした。

「ふふっ、まあアーリャちゃんは、まだ自分の気持ちに気付いてないみたいだけど……同じ人を好きになってしまうのは、やっぱり姉妹だからなのかしら」

「……」

姉妹で同じ男を好きになるという、世間一般には修羅場でしかないことを、特に気にした様子もなく語るマリヤ。その姿に、政近は強い違和感を覚えた。

「なんで……」

なんで、そんなに平然としているのか。その言葉にならなかった部分を正確に汲《く》み取り、マリヤは変わらず穏やかに続ける。

「だって、嬉しいことだもの。あのアーリャちゃんが、誰かを好きになって。その好きになった相手が、久世くんみたいな素敵な男の子なんだから」

「……」

「わたしね、本当に嬉しいの。アーリャちゃんのことも、久世くんのことも、とっても大好きだから……だから」

そこでスッと空を見上げると、マリヤは噛《か》み締めるように呟く。

「やっぱり、アーリャちゃんとは競いたくないなぁ」

それは、いつか夕陽《ゆうひ》の差し込む廊下で、マリヤが語った思い。あの時と同じ言葉が、今は別の意味を伴って響いた。

「それって……」

妹のために、身を引くということなのか……？

政近の驚きに満ちた視線を受け、マリヤは静かに微笑む。

「だからね？　久世くんには、アーリャちゃんの想いにしっかり向き合って欲しいの」

「え？」

「アーリャちゃんの気持ちにきちんと向き合って……その上で、もしわたしのことを選んでくれるなら……」

そこで一旦言葉を切り、マリヤは見惚《みと》れてしまうほどに綺麗《きれい》な笑みを浮かべた。

「その時は、今度は久世くんの方から……わたしに告白してくれる？」

そのどこまでも優しく健気《けなげ》な言葉に、政近は胸を締め付けられる。

「それで……マーシャさんは、それでいいんですか？」

政近の気持ちも、アリサの気持ちも完璧に理解した上で、二人の気持ちを優先して一歩引くというのだ。あまりにも自己犠牲的な提案だと思う政近だったが、マリヤは少し困った様子で眉を下げた。

「そんな顔しないで？　これは、アーリャちゃんも久世くんも傷付けたくないっていう、私のわがままなんだから」

そして、その口の端に少しだけ後悔をにじませる。

「……ごめんね？　わたし、今ここで告白をしたら、久世くんを困らせちゃうって分かってた。分かってたけど、気持ちを抑えられなくて……でもね？　二人を傷付けたくないっていうのは本当なの。二人には、後悔しない選択をして欲しいから……」

少し切なげにそう言ってから、マリヤは唇の前に人差し指を立てた。

「だから……ここであったこと、それにわたし達の昔のことは、アーリャちゃんには秘密ね？　久世くんがさーくんだって知ったら……アーリャちゃん、わたしに遠慮して、自分の気持ちに蓋をしちゃうと思うから」

その瞬間、政近の胸を言い知れない淋《さび》しさが襲った。自分でも理解できない感情に戸惑いながらも、政近は頷《うなず》く。

「……分かりました」

「うん」

政近の返答に小さく頷き、マリヤは前に向き直った。そのまま、しばし無言の時間が続く。しかし不思議と、居心地の悪さはなかった。ただ、政近の胸には正体不明の淋しさだけが横たわっていて。マリヤもまた、心なしか切なそうに公園を眺めていた。

「……さて」

どれくらい時間が経《た》ったのか。やがて、マリヤはそう声に出して立ち上がると、小さく笑みを浮かべて政近を見下ろした。

「お話も終わったし……そろそろ、帰ろっか？」

「ああ……そう、ですね。えっと、送りましょうか？」

「ううん。久世くんも、いろいろ考えたいと思うし……もうここでいいよ」

「あ、はい」

ずいぶんあっさりと別れを切り出すマリヤに、政近はほんの少し拍子抜けしながら立ち上がる。すると、マリヤが政近に向かって軽く両腕を広げた。

「？　なんですか？」

また抱き締められるのかと、少し身構える政近。それに軽く苦笑を漏らしながら、マリヤは言う。

「最後に、昔みたいにチークキスをしてもいい？」

「え？　……ああ」

そう言えば、昔は毎日別れのあいさつをする時にチークキスをされていた。そのことを思い出し、政近は懐かしさに押されて、深く考えずに頷く。

「まあ、はい」

「ん」

政近がマリヤに向き直るや、マリヤはするりと政近に近付くと、その肩に両腕を回した。そして、右の頬《ほお》を合わせると、続いて左の頬を重ねる。

（ああ、懐かしい……）

かつて何度も行ったあいさつに、政近は思わず目を細めた。と、左の頬に押し当てられたマリヤの頬が、ススッと横に動いて……

「え？」

頬に触れた感触に、政近は硬直する。目を見開いたまま固まる政近に、マリヤが正面から微笑みかけた。

「これくらいなら、きっとアーリャちゃんも許してくれるわよね？」

「あ、っと……？」

「ふふっ、じゃあまたね、久世くん。今度会う時は、またいつもの通りにね！」

少しだけ照れたように笑うと、マリヤは手を振りながら公園の入り口へと向かう。

「あ、はい……」

半ば以上呆然《ぼうぜん》としたまま、政近も手を振り返した。そして、マリヤが公園に外へと姿を消してから……政近は、自分の胸に居座る淋しさの理由に気付いた。

（ああ、そっか……）

これは、ひとつの物語が終わったことに対する淋しさだ。あの日、中途半端に別れたせいで、政近の中で宙ぶらりんになっていたさーくんとまーちゃんの淡い恋物語は、今日この時を以《もっ》て完全に決着したのだ。

あの日の、傷を抱えて強がっていたさーくんと、どこまでも純粋で天真爛漫《てんしんらんまん》だったまーちゃんは、もういない。仮にこの先の未来で、政近とマリヤが再び恋に落ちようとも……それは、あの物語の続きではありえない。あの二人の物語はたった今、政近とマリヤの心の中で、過去の思い出として完結したのだ。

「……」

無言で公園を振り返る。そうすれば、かつての光景がありありと目に浮かんだ。遊具の上で、飽きることなく語り合う二人。手を繋《つな》いで、笑顔で走り抜けていく二人。そして……誤解の中で、離れ離れになってしまった二人。悲しみで終わった、淡い初恋の物語……

「じゃあね」

幼い二人の幻像に、別れを告げて。政近は、一人で公園を後にした。

Иногда Аля внезапно кокетничает по-русски

第2話

夢だからって現実にするのはちょっと違う

公園からの帰り道、政近《まさちか》は言い知れない喪失感を抱えてトボトボと歩いていた。

元より過去の恋に決着をつけるために公園を訪れたのだが、いざ決着がついてしまうと……予想外に淋しい思いに駆られてしまい、政近自身どうにも気持ちの整理が出来なかった。過去を振り切るために決着をつけたのに、気付けば過去のことばかり考えている。アリサとのこと、マリヤとのこと、いろいろと考えなければならないことは多いのに。

「ハァ……」

今こうして歩いている道も、かつて周防《すおう》政近が何度も通った道だ。まーちゃんにお別れのチークキスをしてもらった後、その嬉《うれ》しさや恥ずかしさに駆り立てられるように、家まで走った。そして、ゆるんだ顔を祖父母に見られないよう、縁側からこっそり部屋に戻ったものだ。

当時のことを回想しながら、政近は門を開け、そのままなんとなく縁側へと回った。するとそこには、スク水姿で子供用のビニールプールに入っている有希《ゆき》の姿が。

「……何してんの？」

どうしたって脱力してしまうその光景に、政近は力なく尋ねる。そもそも、なんでここにいるのか。今日、有希がこの家に来るとは聞いていないのだが。

あるいは、これもまた脳が生み出した幻像なのか……と、政近が額に手を当てて目を閉じた瞬間。その顔面に、文字通り冷や水が浴びせられた。

「うぷぁ⁉」

反射的に顔を手で拭いながら目を開けると、ビニールプールの上で仰向《あおむ》けになった有希が、こちらに水鉄砲を向けていた。

「……ねぇ、ホントに何してんの？」

無言でニヤニヤと笑う妹に、政近は頬を引き攣らせながら再度問う。すると、有希はフッと笑いながら夏空を見上げ、水鉄砲を弄びながらハードボイルドな雰囲気を漂わせた。

「気にするな……少し、オレのあどけなさが出てしまっただけさ」

「あどけなさ」

「そう、オレのアドケナリンが」

「アドレナリンみたいに言うな」

ジト目でツッコみながら政近はずかずかと有希に近付くと、その頭をぐしゃぐしゃと撫《な》でる。

「はいセロトニン」

「ふぉぉ、幸せホルモンが分泌されりゅう〜……はて、私は一体何を？」

「急に真顔になるな。何をしてたのかはこっちが訊《き》きたいわ」

「私は……一体何を？　うっ、頭が……!?」

「洗脳でもされてたんか。早《は》よ思い出せ」

「ぐくっ……ハッ！　……その瞬間、私は思い出したのです……この世界が、死の直前に遊んでいた乙女ゲームの世界であることを」

「誰が前世まで思い出せと」

「周防、有希……？　っ！　そんなっ！　私、悪役令嬢に転生しちゃったの!?」

「マジで悪役令嬢だったとは恐れ入った」

「思い出したのです……私が、兄と一緒にヒロインをいびり倒す、意地悪な主人役であることを」

「まさかの綾乃《あやの》主人公」

「そう、君嶋《きみしま》綾乃こそが、この世界のヒロイン。この『闇深貴公子の溺れる狂愛　～ヤンデレ美男子たちに執着されて～』の世界の主人公だったのよ！」

「うん、今すぐ攻略対象の名前教えてくれるか？　全員抹殺するから」

「清宮《きよみや》光瑠《ひかる》」

「うぅ～んビックリするほど反応に困るなぁ～」

「桐生院《きりゅういん》雄翔《ゆうしょう》」

「あいつはただの腹黒」

「そいつ隣町の生徒会長って設定じゃなかったっけ？　ってか下の名前よ」

「八王子皇慈《はちおうじおうじ》」

「そして……隠しキャラの更科桜夜《さらしなさくや》」

「誰か知らんがたぶんラスボスだろそれ。主要キャラ攻略後にラスボスも攻略できるようになるやつだろ」

「というわけで、まずお兄ちゃんにはこの隠しキャラから抹殺を」

「ごめん無理。一生隠しとけそんなキャラ」

「え……でも、誰かが隠しキャラを倒さないと、世界滅ぶんだけど……」

「ラスボスのスケール」

「あ、でも原作通りなら、お兄ちゃんは今日ラッキースケベで鼻血吹いて失血死するから関係ないか……」

「俺の死因しょーもなっ。しかも今日？」

「うん。ってかさっさと顔拭けよ。いつまで水垂らしてんだ」

「誰のせいだ誰の」

妹の頭をぺしっと軽く叩《たた》き、政近は靴を脱いで縁側に上がる。そして、和室を通り抜けながら肩を落とした。

（はぁ……なんだかどっと力が抜けたな）

髪から滴る水をハンカチで押さえながら、政近は足早に洗面所を目指す。縁側に面した和室を抜けて廊下に出ると、そこにはしんとした空気が横たわっていて、人の気配がなかった。犬の散歩に出掛けた祖父がいないのは当然だが、それだけでなく祖母の気配もない。

（ばあちゃんも出掛けたのか……？）

　そのことに首を傾げつつ、政近は洗面所の戸を開ける。そして、全裸の綾乃とご対面した。

「すまん」

　そして、即行で戸を閉めた。この間実に１・７秒。素晴らしい反応速度を見せ付けつつ、政近は胸中で声にならない絶叫を上げる。

（音、させとけよぉぉ――――!!）

　見たところバスタオルで体を拭いている最中だったようだが、なんで衣擦《きぬず》れの音すらしないのか。こんなところでも無音を貫くメイドに、政近は責任転嫁と知りつつギリギリと歯を食いしばった。

（ってか、ラッキースケベってこれのことかよ!?）

　洗面所に綾乃がいると知った上で、政近が洗面所に行くよう誘導したのだ。明らかに悪戯《悪意》心しかない。あのただのおふざけにしか思えなかった鼻血吹いて云々の話も、このための伏線だったのだろう。

　だとしたら、ここで声を上げては有希の思《おも》う壺《つぼ》だ。ここは何事もなかったかのように、静かにトイレにでも向かうべきだ……と考える政近の目の前で、音もなく戸が開いた。

「お邪魔しております、政近様。どうぞ、わたくしのことはお気になさらず」

「お気になさるわ！」

　バスタオルで申し訳程度に前を隠しながら、普通に政近を招き入れようとする綾乃。この予想外過ぎる行動には、流石に政近も叫んだ。

「ってかむしろお前が気にしなきゃダメだろ！」

「！　そうですよね。失礼いたしました」

　そう言うと、綾乃はその身を隠していたバスタオルで、政近の濡《ぬ》れた顎や髪を拭き始めた。当然、政近の視界に晒《さら》される一糸まとわぬ綾乃の肢体。

「そうじゃねーよ！　どこを気にしてんだよ！」

　バッと飛びのきつつ、政近は顔を背けて更に叫ぶ。

「馬鹿なのか！　羞恥心ねーのか！」

「政近様、わたくしこれでも必死に恥ずかしさに打ち勝とうと努めております」

「その勝負は是非負けてくれぇ!?」

　ツッコミとも懇願ともつかぬ絶叫を上げ、政近は脱兎《だっと》のごとく元の和室に戻った。畳の上に身を投げ出すと、しっとりと濡れた頭を抱えて唸《うな》り声《ごえ》を上げる。それにかぶさるようにケラケラという笑い声が聞こえて、政近は畳に突っ伏したままわずかに顔を上げた。

「おやおや、なんとか死亡フラグは回避したようで。やりますな～」

「……」

ビニールプールの中で胡坐《あぐら》をかき、ニヤニヤとこちらを見つめる有希。どう反応したところでからかう気満々なその姿に、政近は無言で背を向ける。

「おいおいどうしたんだいお兄ちゃん様。綾乃のあられもない姿を脳に焼き付けてんのかい？」

「……」

「もっしも～し、無視しないでくださ～い」

「……」

「あぁ～っとぉ、ここで有希選手、まさかのポロリだぁ～」

「……」

むしろ、なんでそれで振り向くと思うのか。兄をなんだと思っているのか。激しくツッコみたい衝動に駆られながらも、政近はグッと我慢して不貞寝《ふてね》を決め込む。

「……チッ、ポロリくらいじゃ反応しないってか。合宿でアーリャさんのノーブラ白Tを見た今、あたしの半脱ぎスク水程度では興味を引かれないってか！」

「……」

「くそっ、おのれアーリャさんめ。可愛い可愛いアーリャさん。いつの間にかEカップじゃなくなってたアーリャさん……」

「!?」

「おっ、ちょっと肩が揺れたぞ？」

政近が内心「しまった」と思い、有希がニヤーッと厭《いや》らしい笑みを浮かべた瞬間。開け放したふすまから、タオルを抱えた私服の綾乃が姿を現し、ススッと縁側へと歩み出た。

「お待たせしました有希様。どうぞこちらへ」

「ん？　……お〜」

綾乃に促され、有希は少し惜しむような声を漏らしながらも、サンダルをつっかけてプールから出る。そして、綾乃に軽く体を拭かれ、足の裏を丁寧に拭いてから、タオルを巻いて洗面所へと向かった。が、廊下に出たところでひょいっと振り向くと、何気ない調子で綾乃に尋ねる。

「ところで綾乃、お兄ちゃんにどこまで見られたの？」

「早よ風呂《は》行けボケ。綾乃、答えなくていいぞ」

政近、即座にふすまを閉めてシャットアウト（物理）。そして、妹のケラケラという笑い声と足音が去るのを待ってから、改めて綾乃に向き直った。

「ごめん。不注意で覗《のぞ》いてしまって……」

「あ、いえ、わたくしこそ、お見苦しいものをお見せしてしまい……」

「いや、見苦しいなんてことは、なかったぞ？」

むしろ、その華奢《きゃしゃ》でありながら女性らしい起伏を持った肢体に、水気を含んだ豊かな黒髪が張り付く姿は、息を呑むほどの艶《なま》めかしさを持っていた。しかし、そんなことを馬鹿正直に話すのはセクハラな気がするし、かといって何も言わないと「やっぱり見苦しかったのか」と誤解させてしまいそうだし……

「……綾乃は綺麗《きれい》だし、すごく可愛いんだから……そんなに自分を卑下するんじゃない」

「あ、ありがとうございます……政近様も、とっても魅力的で素敵です」

「……そりゃ、どうも」

綾乃の評価を軽く受け流し、政近は妙な空気から逃れるように再び横になった。ゴロンと綾乃に背を向ければ、綾乃も空気を読んで口を噤《つぐ》む。流石は空気になることを心掛けるメイド。どこかの空気を読んだ上で引っ掻《か》き回す主人とは違う。

(はぁ……まったく、なんつー日だよ……明日辺りに壮絶な揺り戻しが来たりしないだろうな？)

公園で人生初となる異性からの愛の告白を受けたと思ったら、その直後にコッテコテのラッキースケベイベントだ。客観的に見てここまで幸運が続くと、その反動で不幸が襲来するんじゃないかと不安になる。

(いや……人生初ってわけじゃない、か)

思い返してみれば、あの子……まーちゃんにも、告白はされていた。それに対して当時の政近も、照れながらも好意を伝え、二人は晴れて両想いになった……覚えがある。所詮子供の恋愛ごっこだと思っていたし、今思い返してもそうだと思うが。

(でも……マーシャさんは、ずっと本気だったんだよな……)

子供のごっこ遊びと片付けるのは簡単だが、少なくともマリヤはずっとその想いを維持していたのだ。そう考えると、とてもそんな安っぽいレッテルを張ることは出来なかった。

（ハハッ、小さい頃に結婚の約束をしてたっていうのはラブコメのお約束だけど、しっかり付き合ってたっていうのはあまり聞いたことがないな）

脳内で虚《うつ》ろな笑いを漏らして、政近はハタと気付く。

（ん、あれ……？　え、もしかしてマーシャさんの彼氏って……）

合宿の時には、ぬいぐるみのことだと言われたマリヤの彼氏……あれはまさか……

（俺のこと、だったり……？）

その推測が浮かんだ途端、胸の奥からこそばゆい感覚が湧き上がり……しかし、すぐに沈静化した。

（いや、正確には俺じゃなく……周防政近《さーくん》、か）

同時に、胸中に喪失感が蘇《よみがえ》ってくる。それと共に、政近は急激に気分が落ち込んでくるのを感じた。

（あ、やば……ネガティブになってきた）

自分でも悪い癖だとは思っている。しかし、そうは思っても思考が負のスパイラルに陥るのを止めることは出来なかった。

（まったく、マーシャさんもアーリャも、なんでこんな奴を好きになったのかね）

あれほど魅力的な姉妹に想いを寄せられる。普通なら喜びに心が満たされるであろう幸運に……しかし、政近の心を埋め尽くすのは申し訳なさだった。こんな自分で申し訳ない。

こんな自分が、彼女らの心を煩わせて申し訳ない。

(無理なんだよ……相応《ふさわ》しくないんだよ、俺は)

いっそのこと、逃げてしまおうか。全ての繋がりを断ち切り、一人だけの家に閉じこもってしまえばいい。かつて、周防の家から逃げ出したあの時のように。そうすれば、もう誰かの心を煩わせることも──なんてことを考えたその時、スラッとふすまが開いた。

「あぁ~さっぱりした！　とぅ！」

直後、政近はこちらに飛来する気配を察し、ゴロンと畳の上を転がって回避──

「あま~い！」

「うブッ！」

……した先で、先読みしていた有希のボディープレスを腹に食らって息を詰まらせた。

そのまま咳《せ》き込む兄の顔を見上げ、有希はちょっと眉を動かした後、ニヤッとした笑みを浮かべる。

「おうおう夏バテか？　バテちゃったのか？」

政近の胸に顎を乗せたまま、額をぺしぺしと叩《たた》いてくる妹様。

「やめんか叩くな」

政近がその手をぞんざいに払いのけると、有希はむくりと上体を起こし、政近の上で馬乗りになった。

「ふむ、ツッコミにもキレがない……これはなかなかに重症と見た」

真面目腐った表情でそう言うと、有希は中指と人差し指を立てた両手を、スチャッと胸の前で構え――

「そんなお兄ちゃんに元気が出るビィィ━━ム！　ズビビビビ━━!!」

早口にそんなことを叫びながら、政近のお腹《なか》や胸にドュシドュシと指を突き刺した。

「アバベベべっ、やめんかお前は小学生か！　ってか、どこがビームだ！」

「気分はビーム！」

「何ビームだよそれは！」

政近の叫びに、有希は両手をピタッと止めると真顔で政近の顔を見る。

「知りたいか？」

「……是非聞かせてもらいたいね」

「ほう？　……よかろう、ならば教えようではないか」

もったいぶって頷《うなず》くと、有希は右手で前髪を掻《か》き上げながら、シリアスな顔で政近を見下ろした。そして、冷たい声で重々しく告げる。

「お兄たんちゅきちゅきビームだ」

「ほう、お兄たんちゅきちゅきビームか」

「うむ……」

「………」

「……………」

「……詳しく」

「オレを愧死《きし》させるつもりかてめぇ」

「普通に恥ずか死ぬって言えよ」

「恥ずか死ぬの方が造語だよバーカ」

そう言うと、有希は表情を隠すように政近の肩口に顔を埋めた。そして、

「……女の匂い？」

「怖っ」

「ほっほ〜う？　兄上殿も隅に置けませんなぁ。なんだか暗ぁ〜い顔してると思ったら、悩みはまさかの女絡みですか？」

「……」

「お？　黙秘か？　ってことは図星か？　んん〜？」

「……」

再び馬乗り状態で煽り顔を向けてくる妹に、政近は無言で目を閉じる。分かりやすくだんまりを決め込む兄に、有希は「むぅ」と頬を膨らませると、

「そんなお兄ちゃんにチュー！」

「チュー！」と言いながら、ガパッと大口開けて顔を近付けた。

「やめぃ」

その額を、瞬時に目を開けた政近が掴んで止める。傍から見ると、さながらゾンビ化し

た妹に襲われる兄の図だった。額を摑まれてもなお、しつこく首に嚙みつこうとしてくる有希に、政近は呆れた声で尋ねる。

「ていうか、お前なんで最近やたらと俺のこと嚙もうとすんの？」

「え、それ訊《き》いちゃう？」

　政近が投げた何気ない質問に、返って来たのは予想外に深刻な反応。先程までの芝居がかった感じとはまた違う、怖いくらいの無表情。その顔で瞬《まばた》きもせずにじっと見つめられ、政近はちょっとたじろいだ。

「……なんだよ」

　もしかして、何か特別な意味でもあるのか。あるとしたら、それはなんなのか。少し真剣に思案する政近の視線の先で、有希は無表情のまま、静かに口を開く。

「『嚙みついたんなら、歯ぁ食いしばれよ』待ちですケド」

「ンッグ」

「ずぅ〜っとそれ待ちですけどぉ〜〜？」

　息を詰まらせた政近をぐ〜っと覗《のぞ》き込みながら、有希はネチネチとした口調で兄の古傷をえぐる。そして、政近が恨めしそうな目で見返すや否《いな》や、その口調を悪意たっぷりに誇張しながら、キメ顔でモノマネする。

「嚙みついたんなら……歯ぁ食いしばれよ？」

「てンめっ……！」

「キャ――ッハッハ！　イィヤァァ――！　おにぃちゃんくわっこいぃ――!!」

政近の上から転がり落ち、畳の上で足をパタパタさせながら、文字通り笑い転げる有希。

と、急に真顔で上体を起こし、ピッと人差し指を立てる。

「あ、ちなみにこの『噛みついたんなら、歯ぁ食いしばれよ』ってセリフは、『一度牙を立てたなら最後までやり切れよ』って意味と、『これから反撃するから覚悟しろよ』っていう二つの意味が込められたそれはもう大変にかっこよい――」

「やめろやめろ解説すんな」

それに口元を引き攣らせながらジト目で返すと、政近は溜息《ためいき》ひとつ吐いて寝転がった。

すると、有希がすぐさまにゅいっと顔を出す。

「おぅおぅ、ノリ悪いじゃねぇかにぃちゃん。今のは、『こいつめー☆』みたいなノリで一緒にどったんばったん転げ回るところだろうが」

「高校生にもなってそんなことやれるか」

「こーこーせーだって立派な子供じゃんかよぉ～」

駄々《だだ》をこねるように言いながら、政近の腰をグイグイと揺する有希。それに少し鬱陶しさを感じ……政近はふと思った。

（もしかして……本当にただ甘えたいのか？）

そう思い至ると同時に、公園で有希に感じた愛《いと》おしさと、合宿でマリヤに言われた言葉を思い出す。

（スキンシップも大切、か……）

心の中でマリヤの言葉を反芻《はんすう》すると、政近はゴロンと仰向《あおむ》けになり、隣に座る有希を無言で引き寄せた。

「お、お？」

少し戸惑いながらも、自分の上に倒れ込んでくる有希。その小さな背中を左腕で抱きながら、政近は有希の頭をグリグリと右手で撫でくり回した。

「お、おう？　え、お？」

突然兄に優しく抱き締められ頭を撫でられ、有希は目を白黒させる。しかし、無言で頭を撫で続ける兄に何かを感じたのか、にへっと笑うと顔を伏せた。

「どうしたんだよぅ～～照れるじゃねぇかよぉ～……うりうりぃ～」

兄の胸に額をくりくりと押し付けながら、有希は照れくさそうな声を上げる。まるで小動物が甘えるように、頭をすりつける有希。そこに確かな愛情と思慕を感じ……政近は、胸の奥がほんわりと温かくなってくるのを感じた。胸の内に巣くっていた自己嫌悪と逃避願望が、ゆっくりと溶けて消えていく。

（ああ……これは確かに、思ったよりいいな）

今なら、マリヤの言っていた意味が分かる気がする。体を触れ合わせ、愛情を確かめることの大切さが。

（我ながら、単純だな……）

有希から向けられる愛情を直に感じ、政近は不意に、なんであんなにもマリヤの告白を後ろ向きに捉えていたのだろうかと思った。マリヤの抱擁には、優しさしかなかったのに。その言葉は、たしかな気遣いに満ちていたのに。

「……お兄ちゃんは、さ」

「ん？」

そこで、不意に有希が声を上げ、政近は胸の上の有希へと視線を下ろす。しかし、有希は顔を上げることなく、政近の胸に顔を埋めたまま続けた。

「いつまでも、わたしに後ろめたさを感じなくていいんだよ？　わたしは今でもちゃんと幸せだし……お兄ちゃんを恨んだことなんて、一度もないんだから」

「！」

「そう言っても、お兄ちゃんはいろいろ考えちゃうし悩んじゃうんだろうけど……わたしにとってお兄ちゃんは、今も昔も変わらず大好きなお兄ちゃんだから……だから、周防のことは気にせず、堂々と幸せになっていいんだよ？」

それが、有希の心からの言葉であることは疑いようもなく分かった。あの日と同じ、ひどく大人びて愛情に満ちた妹の言葉が、政近の心にすっと届いた。

（そう、だよな……少なくとも有希とマーシャさんは、今のこの俺を好きだって言ってくれてるんだもんな……）

妹の言葉をゆっくりと噛《か》み締《し》める政近の胸の上で、有希がおもむろに顔を上げると、ニッと笑みを浮かべる。

「今のあたし、結構メインヒロインっぽくなかった？」

「ははっ……うるせぇよ」

小さく笑ってぐしゃぐしゃと妹の頭を掻《か》き混ぜると、有希は「わ～」と棒読み気味な声を上げながら再び政近の胸に顔を埋めた。

（ありがとな、有希）

どこまでも優しく愛情深い妹に、政近は胸の中でお礼を告げる。

（まったく、妹に背中を押されるなんて情けない兄ちゃんだ）

続いてそう自嘲するが、そこにはもう暗い自己嫌悪はなかった。

もう、自己嫌悪に苛《さいな》まれて後ろを向くのはやめよう。今でも自分のことは好きにはなれないし、ろくでもない人間だと思うが……それでも、そんな自分でも、慕ってくれる人はいるのだから。自己嫌悪なんて、所詮は自分の都合だ。そんなことよりも、今自分を見てくれている相手のことを第一に考えよう。そうすることが、アリサの恋心と向き合うことにも繋がるのだろうから。

政近の静かな決意と共に、久世《くぜ》家の和室に穏やかな空気が流れる。そのまましばし無言の時間が続き……縁側の風鈴がチリリンと涼やかな音を鳴らしたタイミングで、不意に有希が眉根を寄せて顔を上げた。

「……ん？　メインヒロイン？　……ハッ！」

そして次の瞬間、ただならぬ表情でガバッと跳ね起きた。怪訝《けげん》な顔をする政近を見下ろしながら、有希は戦慄に満ちた声を上げる。

「もしやこれは、実妹ルート突入イベント⁉」

「は？」

「おいおいマジかよブラザー……オタク界隈《かいわい》でも賛否両論ある実妹ルートに、あえて飛び込もうというのか⁉」

「そんなルートはない」

「フッ、よかろう……兄者がその覚悟ならば、私も全力で応えようではないか！」

「有希さん？」

「くっ、だが、その場合周防家の跡継ぎはどうすれば……⁉」

「有希さんってば」

「なに？　綾乃に産ませればいいって？　な、なんという悪魔的発想……‼」

「綾乃の人権」

「有希様……それは素晴らしいご提案です！」

「「おっと綾乃さん？」」

それまで空気だった綾乃の突然の爆弾発言に、二人は揃って真顔で振り向く。すると、畳の上で正座した綾乃が、無表情ながらもキラキラとした瞳でグッと両手を握り締めていた。

「それはつまり……わたくしの全てを、お二人のために使っていただけるということですよね!?」

「オーケイ落ち着け綾乃。自分がやべーこと言ってる自覚はあるか？」

有希の質問に、綾乃はまるで敬虔《けいけん》な信者のように、自分の胸に手を当てて語る。

「わたくしの幸せは、お二人がいついつまでも仲睦まじくあられること……その一助となるのであれば、この身を惜しむことなどありません！」

「自覚なしかよこいつぁ参った」

棒読み気味にそう言ってから、有希は政近の方を振り向くと半笑いでサムズアップをした。

「やったねお兄ちゃん。実妹ルートが強制ハーレムルートになったよ！」

「なってたまるか！　アブノーマルの二重掛けじゃねぇか！」

「何が不満だ？　ハーレム。男の夢じゃねぇか」

「二次元ならな。リアルハーレムとか、俺には荷が重過ぎる」

「これだから腰抜け玉無しクソ童貞は」

「キャラぶれ自称処女ビッチが何か言ったか？」

政近の切り返しを華麗にスルーし、その脚の上で「ふ～やれやれ」と言わんばかりに首を振っていた有希は、そこでハッとした表情で顎に手を当てる。

「待てよ……？　あたしら兄妹で綾乃を奪い合う、綾乃ハーレムルートにすれば万事解決では？」

「それ一歩間違ったら俺が〝百合《ゆり》に挟まる男〟になるじゃねぇか。殺《け》されるぞ俺が、大いなる意志によって。既になんかうなじがチリチリしてるし」

〝百合に挟まる男〟というワードを口にした途端、どこからか壮絶な殺意が殺到した気がして、政近は首の後ろをさする。そして、綾乃の方を向いてさっさと話題を切り替えた。

「綾乃、お前も少し冷静になれ。冗談でも、自分の人生を棒に振るようなことは言うな」

「？　冗談、ですか？」

「ハハッ、なんて純粋な目をしやがる」

分かっていた。綾乃が、冗談などを言う子ではないことは。分かってはいたが、あまりにも真っ直ぐな目で小首を傾げられ、政近は思わず遠い目になってしまう。それに対し、綾乃は冗談と疑われたことが心外な様子で、自分の胸に手を当てた。

「わたくしはお二人のメイドです。お二人にお仕えすることが、何よりの喜びです」

「お二人に〝使われること〟が何よりの〝悦《よろこ》び〟の間違いじゃねーの？　このドMが」

有希のジト目でのツッコミに、綾乃は二、三度瞬きをしてからスッと有希に向き直る。

「そう言えば有希様。わたくし少し前に、その〝ドM〟の世間一般における意味を知ったのですが……」

「おっ、遂《つい》に気付いたか。そうだよ、Mはメイドのじゃねーよ？」

「やはり、ご冗談でしたか……その点に関しまして、わたくしひとつ、訂正させていただきたいことがございます」

「……なに？」

怪訝そうに軽く眉をひそめる有希を真っ直ぐ見返し、綾乃はきっぱりと宣言した。

「わたくしは、マゾヒストではありません」

「……おう」

「へぇ」

綾乃の断言に、有希のみならず政近も冷めた目になる。しかし、二人の主人の欠片《かけら》も信じてない視線もなんのその、綾乃は実に真摯な態度で続けた。

「わたくしは、精神的、肉体的にいたぶられて、性的興奮を覚えたりはいたしません」

「……その割には、お前夏休み前に頭を踏んで欲しがってなかったか？」

「あれはメイドとしての本能です」

「そっかぁ、本能なら仕方ないなぁ……」

ゴリ押しで論破されてしまった兄に不甲斐《ふがい》ないものを見る目を向けて、今度は有希が綾乃に問い掛ける。

「本能ということは、そこに私欲はない、と？」

「もちろんです」

「ほほう、では教えてもらおうじゃないか。メイドが主人に頭を差し出す、合理的な理由を、ね」

有希の要求に、綾乃は姿勢を正すと、まるで崇高な教えを説く信者のように滔々《とうとう》と語った。

「わたくし共メイドは、主人のために、常に自らを高めようと努めております」

「……ふむ」

「ですが、お二人はとてもお優しいですから……不満を申し上げるわけではございませんが、時々自分が半人前であることを、忘れてしまいそうになるのです」

「……うん」

「自惚《うぬぼ》れは成長の大敵、気のゆるみは堕落の始まり。だからこそわたくしは、常に己を律しなければならないのです」

「……」

「ですので……わたくしはお二人に、この身が未熟であることを忘れないよう、常日頃からご指導いただきたいのです」

綾乃の言葉に……有希と政近は、不覚にも少し考えさせられてしまった。

ミスをしても叱らず、些細《ささい》なことでも褒める上司を、「楽でいいや」と喜ぶ人もいれば「対応がぬるくて張り合いがない」と不満に思う人もいる。二人にとって、綾乃はメイドである以前に可愛い妹みたいなものだ。だからこそ、その献身には常に感謝を伝え、ミスをしても責め立てるようなことはなかった。だが……だがそれは、綾乃のことをメイド《従者》として認めていないのと同義ではないのか。主人として振る舞わず、甘やかしていたことで、かえって綾乃を不安にさせていたのではないか……

(そっか、綾乃は……あたし達にちゃんと、叱って欲しかったんだ)

(気が付かない内に、綾乃のメイドとしての矜持《きょうじ》を傷付けてたのか……これは、反省しないとだな)

納得すると同時に少し神妙な顔になる二人に、綾乃は堂々と告げる。二人のメイドとして、その矜持を込めて。

「この身が、お二人に比べて取るに足らない存在であることを。下僕《イヌ》にもなれない道具に過ぎないことを、徹底的に分からせて《教え込んで》いただきたいのです！　お叱り《言葉》と、お仕置き《行動》で！」

「「ドMじゃねーか!!」」

結論、綾乃は立派なドM。

第3話　脇で何をするつもりだったのか

「これで、数学も終わりっと……」

夏休みの宿題用に配られたテキストを閉じ、政近《まさちか》はグッと伸びをする。場所は久世《くぜ》宅のリビング。正面の席には、黙々とテキストに赤ペンを走らせるアリサの姿。

例によって、二人で夏休みの宿題をしている最中であった。と、そこでアリサもテキストを閉じ、それを脇にどけた。

「終わったのか？」

「ええ、これで全部終わり」

「お、マジか。お疲れ」

どうやら、一足先に全部の宿題が終わったらしい。恐らく、自宅でもこつこつと宿題を進めていたのだろう。逆に、家で一人でいる時はぜ〜んぜん宿題が出来ていない政近は、まだ英語と物理の宿題が残っている。それでも、例年に比べればかなり速いペースで進んではいるのだが。

「っと……」

「……」

何気なく、偶然にも同時にリビングの時計に目を向け、二人はまだ午後三時半過ぎであることを認識する。いつもアリサは六時頃に帰るので、だいぶ時間が余ってしまった形だ。

（えぇ～っと、どうしよう……）

とりあえず、時間稼ぎに互いの湯呑《ゆの》みに麦茶を注《つ》ぎ足《た》しつつ、政近は考える。普通に考えれば、夏休みの宿題をするという名目で集まっている以上、宿題が終わってしまえば目的は達成だ。だが、かといってここで「お疲れ！　じゃあ解散！」はあまりにも素っ気ないし、空気を読めていない感じがする。

（そう、空気……アーリャに思わせぶりにチラッチラされてるこの空気！）

さも「あ～時間余っちゃったわね～どうしようかしら～」とでも言いたげに髪をいじいじしながら、何かを期待するような促すような視線を投げてくるアリサ。ちょうどタイミングよく（あるいは悪く）政近も宿題が一段落してしまったせいで、気付かない振りも出来ない。出来るのは、精々湯呑みを口に運んで間を持たせることくらいだ。

（だって、なあ）

ここで、「じゃあ、デートでもするか！」なんて言える度胸は政近にはない。いや、あるいは合宿前であれば、冗談交じりにそんなことも言えたかもしれない。だが、アリサの恋心に気付き、自分の至らなさを自覚した今となっては、冗談でもそんなことは言えなかった。

（でも……）

決めたのだ、きちんと向き合うと。それにここで日和《ひよ》っては、マリヤの健気《けなげ》な願いをも裏切ることになる。

（……よし！）

湯呑みをテーブルの上に戻しつつ、政近は決意と共に顔を上げた。こちらをチラチラしているアリサの顔を真っ直ぐに見つめると、アリサもまた何かを察した様子で、政近に向き直る。

正面から見つめ合う二人。別に珍しいことでもないはずだが、アリサの恋心に気付いた今となっては、普段通りのアリサの視線にも何らかの感情が乗っているように感じてしまう。そのサファイアのような瞳に並々ならぬ熱が宿っているように感じて、政近は息を呑《の》んだ。

「その、時間が余ったことだし……」

跳ねる心臓を必死に抑え、政近は言葉を紡ぐ。頭の中で天使姿のマリヤと悪魔姿の有希《ゆき》が、一緒にポンポンを振っている。その応援に背中を押され、政近は意を決して言った。

「選挙戦っの、話でもしようか」

「……」

リビングに沈黙が落ちる。アリサの瞳が、スッと輝きを陰らせたように見える。頭の中のマリヤと有希が、冷めきった目でポンポンを下ろした。

『久世くんのヘタレ』

『クズが』

（やめて、そんな目で見ないで）

　天使姿のマリヤに失望した目で見られ、悪魔姿の有希にゲシゲシと蹴りつけられ、政近は脳内で頭を抱えて小さくなる。自己嫌悪で固まる政近に、アリサは軽く目を伏せて息を吐いた。

「ふぅ……まあ、選挙戦の備えは大事よね」

「せ、せやろ？」

「なんで関西弁なのよ」

「いやぁハハハ……」

　乾いた笑いを漏らしてから、政近はひとつ咳払《せきばら》いをして表情を改める。男として結構クソな行いをした自覚はあったが、こうなったらもう完全に頭を切り替えるしかなかった。

「まず……二学期のイベントと言えば、十月頭の学園祭だな」

「ああ、たしか生徒会役員は全員、学祭実行委員会に強制参加なんだったかしら？」

「そうそう、各クラスから代表者二名。それに生徒会と風紀委員会、美化委員会、保健委員会、あと前生徒会長と副会長……で全部かな」

　征嶺学園《せいれいがくえん》の学園祭、秋嶺祭《しゅうれいさい》。その実行委員長と副委員長は、前任の生徒会長と副会長が務めるのが慣例となっていた。そして、現生徒会メンバーはその下で実行委員会の要職に就き、各クラスから選出された実行委員達を指揮することとなる。

「つまり、他の実行委員からは、一緒に仕事する中で頼りになる奴かどうかを見極められるわけだ。気を付けろよ？　各クラスの実行委員は、貧乏くじ引いたタイプを除けば、大抵クラスで影響力のある奴だ。そいつらに『こいつ使えね〜』と思われたら、大ダメージだぞ？」

「そう、ね……」

「まあアーリャは会計だし、きちんと正確に業務をこなしてさえいれば、そんなことにはならないと思うが……むしろセンスを問われるのは、広報の有希の方だよなぁ」

生徒会役員は、基本的にその役職に合った仕事をすることになる。書記なら議事録係、会計なら予算管理、広報ならビラやパンフレットの作成といった具合に。予算管理は完全に裏方の仕事だが、広報はその結果が分かりやすく表に出るので、成果を強調しやすい反面失態も隠せない。明らかにセンスがないビラや見にくいパンフレットを作ったら、その制作を指揮した有希の株は急落するだろう。

しかし、それは対立候補であるアリサにとっては、わざわざ気に掛けるようなことでもなかった。そう思い直し、政近は肩を竦《すく》める。

「……ま、あいつならそつなくやるだろ。会計も、基本修羅場るとしたら学祭が終わった後の収支計算だし、そこは俺も手伝うからそこまで気にしなくていい」

「そう……」

「まあまあ、今からそんなに気にすることないって。いつも生徒会でやってるようにやれば、そうそう問題は起きんからさ」

少し気がかりな様子を見せるアリサに、政近はあえて楽観的に告げた。しかし、アリサは何やら難しい表情で考え込んでしまう。

（ま、チームプレイってアーリャが一番苦手そうだもんな……特に、チームリーダーとしてメンバーに指示を出すってなると……）

アリサは完璧主義者だ。そして、自身が求める〝完璧〟のハードルが、周囲の人間から見て高過ぎるということも自覚している。加えて、自分が周囲の人間を鼓舞し、引っ張っていく言葉を持っていないということも。結果、周囲を頼らず個人プレイに走る。

（会計って仕事からすると、完璧主義であることは悪くないんだが……本人がチームプレイに苦手意識を持ってるのは問題だなぁ。将来的には生徒会長として生徒会を率いていこうってわけだし……）

しかし、こればっかりは一朝一夕にどうにかなる問題ではない。言葉であれこれ言って苦手意識を克服できるなら、苦労はしないのだ。

（むしろ、これはいい経験か。この機会に、徐々に慣れてもらうしかないな）

そう結論付けると、政近は難しい顔をしているアリサに軽く咳払いをする。

「ンンッ、そうだな……この機会に、あれだ。意思疎通方法を確立しておこう」

「？　なんのこと？」

怪訝《けげん》そうに顔を上げたアリサを、政近は無言でじっと見つめる。

「な、なに？」

アリサが戸惑い気味に視線を揺らすが、政近は無言でアリサを見つめ続ける。

「え、何か付いてる？　ねぇ、何か言ってよ」

自分の体を見下ろしたり顔に手を当てたりしながら、アリサは居心地悪そうに言った。

それに対して、政近は短く告げる。

「俺が何を言いたいか読み取れるか？」

「え？」

その問いに、アリサは眉をひそめながら政近を見返した。そのまま十秒ほど視線を合わせると、アリサは何やら少し頰《ほお》を染めて視線を揺らす。

【え？　私、まだそんな……】

「ちょっと待て今何を読み取った？」

ボソボソと呟かれる意味深なロシア語に、政近は思わずツッコミを入れた。そして、軽く溜息《ためいき》を吐きながら答え合わせをする。

「今のは、『布巾取ってくれ』って言いたかったんだよ」

「え？　……いや、そんなの分からないわよっ」

「そうか？　あ、いや、本当に取らなくていいから。そうじゃなくて……布巾の方をちょいちょい視線で示してたし、口を小さく動かして『取って』って言ってたんだが？」

「そんなの……」

「ん～じゃあもう一回、もう一回やってみよう」

不満そうなアリサにそう言い、政近は再びアリサをじっと見つめ始める。すると、アリサも応じるように目を合わせ……数秒してから、再び目を逸《そ》らした。

【脇を？　そんなの……】

「だからっ、何を、どう読み取った？」

むっつりか？　こやつまさかむっつりさんなのか？

謎に恥じらうアリサに、政近はジト目を向ける。そして、頭をガリガリと掻《か》いてから背もたれにぐでーんと体を預けた。

薄々分かってはいたが、想像以上に目と目で通じ合わない。これが有希なら、アイコンタクトと細かな身振り手振りで大体のことは通じるのだが。

（こういうのはコミュ力と、経験や付き合いの長さがモノを言うからなぁ……アーリャにはきついか）

政近と無言である程度の意思疎通が出来るのは、付き合いの長い毅《たけし》と光瑠《ひかる》。生徒会の中で言えば、有希を除けば統也《とうや》くらいなものだ。これは純粋に相性と、統也の観察力と気遣い力が高いおかげだろう。茅咲《ちさき》はこういう器用な真似《まね》が出来るタイプではないし、マリヤと綾乃《あやの》はマイペースで波長が合わない。そしてアリサは、純粋に対人経験が足りていない。

「う～ん……」

　これは、共に選挙戦を戦う上で少し不利だ。いざという時、素早く意思疎通が出来るのと出来ないのとでは、とっさの対応に大きく差が出る。実際、かつて有希と阿吽《あうん》の呼吸で様々な難局を切り抜けてきた身としては、ここまでこちらの考えが伝わらないのはかなり不安だった。

「ん？」

「そんな顔するなら、あなたが読み取ってみなさいよ」

　不満そうなアリサの声に視線を下ろすと、アリサがじっとこちらを見てきた。それに対し、政近も居住まいを正して向き直る。すると、アリサは——

【これは、合宿の時の話なのだけど】

「いやちょっと待てい」

「何よ。ちょっとした仕草で意思疎通が出来るって言うなら、ロシア語でもニュアンスくらいは汲《く》み取れるでしょ？」

「無茶言うなや」

【最終日の朝食の時に——】

「いやいや普通に続けん——」

【あなた、途中から私のコップ使ってたわよ？】

（うえぇぇぇぇ——⁉）

【あなたは気付いてなかったみたいだけど……】

(気付いてなかったぁぁぁ――――!!)

　予想だにしない告白に、政近は危うく声が出そうになった。とっさに当時の記憶を思い起こすが、心当たりは全くない。たしかに、全員同じガラスのコップだったので、取り違える可能性はあったと思う。それに……

【指摘する前に飲んじゃったから、私も言い出すタイミングを逃しちゃったんだけど……】

　アリサの少し恥ずかしそうにしている様子を見ても、嘘を言っているようには見えなかった。

(回し飲み間接キスイベントをいつの間にか消化していた件)

　表情に出さないまま少し遠い目になる政近に、アリサは恥ずかしそうにしながらも悪戯《いたずら》っぽい笑みを浮かべる。

【これって……日本の伝統で言う、〝盃《さかずき》を交わした〟ってことになるのよね?】

(ナラナイヨ?)

【責任……取ってね?】

(怖い怖い)

　伝わってないと思ってまー好き放題言ってくれてるアリサに、政近は降参とばかりに両手を上げた。

「ちょっと待て。マジで分からんって……というか、こっそり意思疎通するのに堂々としゃべっちゃ意味ないだろ」

「あらそう」

これ見よがしに肩を竦め、アリサはすまし顔でパタパタと顔を手で扇《あお》ぐ。

（恥ずかしいならやるなや……）

ジト目の政近に気付いた様子もなく、アリサは少し考える素振りを見せる。

「それじゃあ……あなたがやってたようにやりましょうか？」

そう言うと、アリサはスイッと窓の方に目を向け、口を小さく動かし、ゆっくりと両手を組んだ。そして、組んだ両手を軽く傾ける。それはまるで、おねだりをするように。

それらから、政近が読み取ったアリサの意思は……

『外へ、デートに行きたいわ』

（んんんんん〜〜〜〜〜〜!!）

導き出された答えに、政近は歯を食いしばって悶絶《もんぜつ》した。テーブルの下でぎゅーっとふともをつねり上げ、表情に出るのをなんとか堪える。

（〜〜〜っ、こんなの答えられるかぁ！）

正解したら絶対変な空気になるし、もし間違えていたら完全に自意識過剰な勘違い野郎である。どっちにしても居た堪《たま》れない思いをする未来しか見えない。

「ほら、どうなの？　私の言いたいこと、伝わった？」

「むぬ……」

どうせ分からないだろうと言わんばかりに、腕を組んで挑発的な笑みを浮かべるアリサ。

分かるはずがないと高を括《くく》り、自らの優位を確信した表情。その表情を、驚愕《きょうがく》と羞恥で塗り替えてやりたい……という衝動が一瞬起こるも、冷静に考えてリスクがデカ過ぎた。やむなく、政近は不正解と知りつつ当たり障りのない回答をする。

「そうだな……『今日は天気がいいわね』か？」

「ふふん」

（イラッ☆）

露骨に小馬鹿にした表情を浮かべ、鼻で笑うアリサ。さしもの政近もこれには軽く頬を引き攣らせるが、アリサは気にした様子もなく優越感たっぷりに言った。

「全然違うわよ。ほら、結局あなただって分からないんじゃない」

「……ちなみに正解は？」

「『夏休みもそろそろ終わりね』って言いたかったのよ」

「ふ～ん……」

気のない返事をしながら、政近はアリサのしたり顔をじっと見つめる。そして、何気ない調子でサラッと言った。

「なんだかデートに誘われた気がしたのは俺の気のせいか」

「そんッ！　そん、なわけ、ないでしょ？　気のせいよ……」

途端、背中に氷でも落とされたのかと思うほど派手に肩を跳ねさせながら、アリサはサッと視線を逸らす。そのなんとも分かりやすい反応に生ぬるい目をしながら、政近は淡々と続けた。

「そうか。まあお前が、冗談でもそんなこと言うわけないよな」

「……当然じゃない」

「だよな～」

棒読み気味に言う政近をチラッと見てから、アリサはちょっと唇を尖《とが》らせる。

【何よ……私がデートに誘うのは、そんなにおかしい？】

（う……）

アリサの拗《す》ねたような呟きに少し罪悪感を覚え、政近はとっさにフォローした。

「ま、あ？　今までそんなイベント起きたことないし？　ええ知ってましたよ女子からデートに誘われるなんて漫画の中だけだって」

早口でそう言い、おかしいと感じたのは〝アリサから〟誘われることではなく、〝女子から〟誘われることであると暗示する。すると、アリサは目に見えて自信を取り戻し、優越感に満ちた笑みを浮かべた。

「あら、それは残念ね？　まあ私は？　今まで数え切れないほどデートに誘われたことがあるけど」

「ああそう……ちなみに、誘いに乗ったことあんの？」

政近の質問に、自らの髪を弄んでいたアリサの指がピタッと止まった。そしてついっと視線を横に向けると、少し歯切れ悪く答える。

「……まあ、デートに行ったことは何度か」

「ふ～ん」

「……」

あまり興味なさそうに鼻であしらう政近をチラッと見て、アリサは髪先をぐいっとねじりながら呟く。

【あなたのことよ】

（……うぐぅ）

つまりそれは、政近以外とデートしたことはないということで。なんとなく予想してはいたものの、やはり言葉にされるとダメージは避けられない。ぐっと奥歯を嚙《か》み締める政近に、アリサは急にハッとした表情で振り向いた。

「い、言っておくけど、ナンパ男に引っ掛かったとか、そんなことはないわよ⁉」

「え、ああ……いや、そこは疑ってないけど？」

そもそも学園でも、顔よし頭よし家柄よしな男子を何人も袖にしているのだ。そんなアリサが、馬鹿な男に引っ掛かるなんて端から思っていない……のだが、アリサはなおも力説する。

「ちゃんと、相手は選んでるから！」

「お、う」

政近に20のダメージ。

「ちゃ、ちゃんと……その、気にな……信用できる人？　とだけしか、そんなことしてないから！」

「う、うン」

政近に40のダメージ。

「あ、あのな？　もう分かったから……だから、その辺に……」

政近必死のガード。だが、アリサは止まらない！

「好きでもなんでもない人と、デートなんて絶対しないから!!」

「……」

政近に90のダメージ。だが、残りＨＰ１でなんとか耐えた。

「あっ、でもそれは、あなたのことが——ってわけじゃなくて。ただ、嫌いではないってだけで……」

アリサは恥じらった。政近はたおれてしまった。

◇

【えへへ、怒られちゃったね】

【やっぱり、他校の音楽室に忍び込むのは無理があったよ……】

【むぅ～ん……だって、さーくんのピアノが聴きたかったんだも～ん】

【うぅ～ん……じゃあ、今度の発表会に招待しようか？】

【え、ホント？】

【うん……その、約束したし……】

【ありがとう！　楽しみにしてるね！】

◇

「──か君？」

「ハッ！」

意識を取り戻すと同時にパッと顔を上げると、アリサが軽く身を乗り出し、怪訝《けげん》な表情でこちらを見ていた。

「……ああ、ごめん。ちょっと意識飛んでた」

「……ふぅん、そう」

途端、アリサがスゥッと目を細め、冷気をまとい始める。

「？」

何を怒っているのか……と、片眉を上げる政近。その脛《すね》に、突如衝撃が走った。

「イッ!?」

不意の一撃に、政近の脳に閃光《せんこう》が奔《はし》る。どうやら、椅子に腰を下ろしたアリサが、同時に政近の脛を蹴り上げたらしい。

「どう？　目は覚めた？」

「い、いや、別に眠気で意識が飛んでたわけでは……っ！」

体を丸めて痛みに耐えつつそう弁解するが、アリサの視線は冷たい。会話の最中に寝られたのなら、その怒りは当然とも言えるが……

（いや、全部お前のせいなんですけど⁉）

そうは思っても、抗議したところで墓穴にしかならない。やむなく、政近は軽く咳払《せきばら》いをして話を本題に戻した。

「えぇっと、で、どうやっていざという時に意思疎通するかだが……」

そうして、憮然《ぶぜん》とした表情のアリサと共に、いくつかアイコンタクトの打ち合わせをする。幸か不幸か、特にラブコメっぽい雰囲気になることもなく、粛々と打ち合わせは進んだ。

「――っと、こんな感じか？　ああ、一応有希と使ってた暗号とはパターンを変えてるけど、あまりやると解読される可能性があるから……なるべく、有希の前ではやらない方がいいかもな」

「そう」

「あと……そうだな。何気ない癖の中にも、ブラフの合図を決めておいた方がいいかもしれない」

「ブラフの合図？」

「ほら……交渉とかする時に、ハッタリをかますことがあるだろ？　例えば、部と交渉する時に『既に顧問の先生の許可はもらってる』とか。あとは……面倒な相手から逃げる時とか？『この後先生に呼ばれてて～』とかさ。そういう時に、『え、そんな話あったっけ？』みたいなツッコミをされちゃったら台無しだろ？　だから、今言っていることが嘘だって、お互いにはすぐ伝わるようにしといた方がいい」

「はあ……」

今ひとつ納得できていない様子のアリサに構わず、政近は少し考えると、左手を軽く挙げた。

「そうだな、左手で髪を触るっていうのはどうだ？　アーリャも、髪を指でいじる癖があるだろ？　それを左手でやるっていう……」

「あなたは？」

「俺は……頭を掻《か》くってことになるかな？　とにかく、左手で髪を触りながら言ってることはブラフ、嘘ってことを決めておこう」

「分かったわ……忘れるかもしれないけど」

「……まあ、頭の片隅に置いておけばいいよ」

そう言って肩を竦めてから、政近は少し居住まいを正した。これから話す内容は、政近としても結構緊張する内容だった。

「あと……視線を交わせない状態。つまり、隣り合ってる状態で意思疎通をする方法として……手のひらフリックっていうのがあってだな」

「？　何それ」

「まあ文字通り、相手の手のひらにフリック入力で文字を打ち込むんだよ。机の下とか、背中の後ろとかで……その、こっそり手を握ってな？」

「え……？」

政近が躊躇《ためら》いがちに言うと、やはりと言うべきか、アリサは露骨に顔をしかめた。

「手を握って……手のひらを、指で撫《な》でるの？」

「撫でるって言うか、まあフリック入力だよ。スマホと同じで、左奥……というか手首側か。ここがあ行で、手首側の真ん中がか行、あとは順にさ、た、な、は、ま、や、ら……」

自分の左手のひらを、手首側から指先側へと順番に指し示し、政近は続いて自分の左手を右手で握る。

「スマホの入力と違うのは、あ行からら行までがフリック入力で、わ行と濁点半濁点、小文字変換、削除はそれぞれ人差し指、中指、薬指、小指でやる点か。人差し指を一回ノックで〝わ〟、二回ノックで〝を〟、三回ノックで〝ん〟、だ。中指は一回ノックで濁点、二回ノックで半濁点。薬指と小指は、それぞれ一回ノックで小文字変換と一文字削除な」

自分の左手の甲を、右手の指でトントンと叩きながら、政近は解説をする。それを難しい顔で最後まで聞いてから、アリサは懐疑的な雰囲気を隠そうともせずに口を開いた。

「まあ、理屈は分かったけど……それ、難しくない？　打つ方はともかく、読み取る方が追い付かないと思うのだけど」

「そこはまあ、慣れだな。慣れれば、普通に他の人の会話と並行して、指でも会話できるようになるぞ？」

サラッと超人的なことを言う政近に、アリサはより渋い表情をしながら言う。

「……そう言われたらもう、どうしようもないけどな？」

「それと……その、手を撫で回してる感じが、シンプルにイヤ」

口の端に嫌悪感をにじませながらそうはっきりと言われ、政近はちょこっと傷付いた。

「あれ？　こいつ俺のこと好きなんだよな？」なんて疑問も一瞬浮かんでしまい、すぐに「いや、そういう問題じゃないのか」と思い直す。

「えっと、アーリャ？」

「なに？」

「もしかして……お前って、潔癖症なのか？」

思い返してみれば、以前から割とそういった兆候はあった。体育の授業などでも、他人が自分の体……特に肌に触れることには、結構な忌避感を見せていた覚えがある。が、返って来たのは予想以上に強い否定だった。

「ち、違うわよ！　私、別に潔癖症とかじゃないから！」

「え〜……でも、前に美化委員長に握手求められた時、一瞬だけ手を繋《つな》いですぐ離してなかった?」

「それは、その……知らない人だったし」

「潔癖症じゃん」

「だから違うわよ! 私は、その……そう! 誰だって、自分が大事にしてるものを他人にべたべた触られたくないでしょ?」

「え?」

突然の問い掛けに、政近は視線を宙に巡らせながら、少し考える。

「……ああ、男で言う腕時計とか車とか……女だったらバッグとかアクセサリーになるのか? まあ、そういったものに指紋を付けられたくないっていうのはあるかもな」

「そう! それ!」

政近が見せた微《かす》かな同意に力強く頷《うなず》くと、アリサは体を反らし、自分の胸に手を当てた。

「私は、自分の体が一番大事だから! だから、他人に気安く触られたくないのよ!」

「……なるほど?」

なんだか、分かるような分からないような感じだった。というか……

「それ、潔癖症と何が違うの?」

「全っ然違うわよ! 私は別に、握手した後に手を洗ったりはしないし!」

「いや、そんなムキになって否定せんでも……」

「するわよ! 潔癖症って言われると、なんだか私が神経質な女みたいじゃない!」

「違うの？」という言葉を政近は呑《の》み込んだ。そして、少しアリサの主張を考えてみる。

（う〜ん……まあ、病的なものじゃなくプライドの高さ故ってことなら……たしかに潔癖症とは違うのか？）

異世界モノの作品に登場する、「わたくしの肌に触れていいのは、将来を誓った殿方だけですわ！」とか言っちゃう貴族令嬢を想像しつつ、政近は多少納得した。

（貞操観念がリアルお姫様であったか……）

感心とも呆れともつかない感想を抱きながら、政近は中途半端に頷く。

「う〜ん、まあ嫌って言うなら仕方ないな……」

嫌がる相手に無理強いするものでもないと、政近は大人しく引き下がろうとした。のだが、

「別にっ！　やらない、とは言ってないわよ……」

一瞬慌てたように声を上げてから、アリサは尻すぼみに声を小さくする。そして、髪をいじいじ視線をチラッチラしながら、躊躇いがちに問い掛ける。

「そんなに……触りたいの？」

「へ？」

「その、手……」

「え、あ〜……」

なんだかだいぶ論点がずれている。だが、触りたいか触りたくないかで言えば……

「まあ、うん」

「……どうしても？」

「……どうしても」

「あ、そう……」

政近の肯定に、アリサは髪をいじる手を止めると、そっぽを向いたままその手を政近に向かって突き出した。

「じゃあ、いいわよ？」

（いやチョロッ。ここまでの前振りはなんだったんだ。時間返せや）

つーんとした顔で右手を差し出すアリサに、政近は脳内で猛烈にツッコミを入れる。そして、脳内とは一転して冷静にツッコミを入れた。

「右手じゃなくて左手で頼む」

「え……っ、はい！」

一瞬呆気《あっけ》に取られた後、羞恥に顔をゆがめると、プイッとそっぽを向きながら左手を突き出してくる。そんなアリサに苦笑しながら、政近は差し出された左手を手に取ろうとして……一瞬躊躇《ちゅうちょ》した。

アリサの、白くほっそりとした手。改めて見てみると、繊手という表現がこれほど相応《ふさわ》しい手もないだろうと思える美しい手だった。別に手を繋ぐのは初めてではないが、妙にもったいぶられたせいでいつも以上に触れがたいものに思える。

「……なに、どうしたの？」

「あ、や……では、失礼して」

チラッと怪訝な目で見られ、政近は慎重にアリサの手を取った。少しひんやりとした、柔らかな手。その感触に少し動揺しながらも、政近はそっとアリサの手のひらに親指を触れさせた。

「えっと、こんな感じで──」

そして、内心「もうちょっとちゃんと爪切っとけばよかった……」などと思いながら慎重に親指をスライドさせる。と、

「ん……」

正面から微かな吐息が聞こえ、政近はパッと顔を上げた。すると、アリサが眉間にうっすらとしわを寄せた、どこか不機嫌そうな顔で繋がれた手を見ている。

「……なによ」

「いや……」

気のせいかと思って再び手元に視線を戻すと、政近は順番に親指をスライドさせた。

「これが〝え〟、こうやってスライドさせずにタップすれば〝な〟、こうしてから中指をノックしたら〝ぽ〟だ」

そうして一通り例を示してから顔を上げれば、そこにはやはり少し不機嫌そうなアリサの顔。ただ少し気になるのは、何かを堪えるようにきゅっと下唇を噛んでいる点か。

「……分かったか？」

「……ええ」

「そう、か。じゃあ簡単な文章をやってみるぞ？」

そう告げると、政近はかなりゆっくりめに指を動かした。

（ま、簡単なところで……い、い――）

「ん……」

（て、ん、き――）

「ふっ……ン」

（で、す――）

「んぁ……」

（んん〜〜っっっ!! 変な吐息を漏らすなぁぁ――!!）

気付かない振りももう限界だった。正面から聞こえるなんだか妙に色っぽい吐息。指を這《は》わせる度、もぞもぞと悩ましく動く手。別に何もやましいことはしてないのに、なんだかイケナイことをしている気分になってくる。

『手ックスだ！ こいつら手ックスしてるんだ！』

（うるせぇ）

とりあえず、脳内で騒ぐ小悪魔有希を黙らせつつ、政近は平静を装って顔を上げた。

「今、なんて書いたか分かっ――」

そして、言葉に詰まる。しかし無理もない。今やアリサは、その白い頬《ほお》をうっすらと紅潮させ、涙のにじむ瞳で政近の顔を睨《にら》んでいたからだ。

【変態……】

(なんでぃえ!?)

重ねて言うが、政近は何もやましいことはしていない。なのに、この反応はどうしたことか。もしや、何か変な文章に誤読したのか……という政近の考えは、すぐに否定された。

「……『いい天気ですね』かしら?」

「お、おう、正解。初めてでよく分かったな」

「……」

政近の称賛にも、アリサは不機嫌そうに目を逸らすだけ。

「あぁ～っと……もしかして、くすぐったかったか?」

「……ちょっと」

「そ、そっか。まあそれなら、この方法はやめた方がいいかもな。表情に出ちゃったら、こっそりやる意味がないし……」

宥《なだ》めるようにそう言う政近をチラリと見て、アリサはボソボソと呟《つぶや》く。

【くすぐったいっていうか、なんか――】

「まあ仕方ないって！　有希だって最初は――」

なんだか聞いてはいけないロシア語が飛び出そうな予感がして、政近はアリサの言葉を遮るように声を上げた。そして、〝有希〟という名前にアリサの手がピクリと反応し、すぐに「しまった」と思った。

「やるわ」

「え、いや……無理することないぞ？」

「有希さんだって、何度もやって慣れたんでしょう？　だったら、私だってやるわよ」

青い瞳にメラメラと対抗心を燃やしながら、アリサはキッと振り向く。その目を見て、政近はもう何を言っても無駄だと悟った。

「じゃあ、まあ……続けようか」

その後一時間掛けて、なんとアリサは、普通に話すのと同等の速度まで読み取り速度を向上させた。

「すごいな……まさか、ここまで速く習得できるとは……」

「と、当然、よ……」

強気な笑みを浮かべてそう言うアリサの頬は、すっかり上気していて。その額には、前髪が汗で張り付いていた。あと、なんだか息も荒い。

（えっろ）

思わずそんな感想が浮かんでしまう程度には、色っぽい姿だった。小一時間もこんな顔でこれまた艶っぽい吐息を漏らされ、政近はなんだかすごく自制心を試されている気分になってしまった。

（ま、これで終わったし……うん、耐えた。よく耐えたぞ俺！）

そう自分を内心で褒めつつ、政近はアリサの手を放す。

「それじゃあ――」

と、離した手をガシッと摑《つか》まれた。見れば、そこには爛々《らんらん》とした目で危険な笑みを浮かべるアリサ。

「次は、書く方よね？」

「え、っと」

「よ、ね？」

「……っすね～」

その後、また小一時間掛けて。政近はアリサに、満足いくまで手のひらを開発……もとい、手のひらフリックの練習台にさせられた。

Иногда Аля внезапно кокетничает по-русски

第4話

男の赤面とか誰得なのよ

毅《たけし》から「助けてくれ」という短いメッセージが届いたのは、夏休みも残り一週間と少なくなってきた、ある日の午前のことだった。

ただならぬメッセージに、政近《まさちか》はすぐ毅に電話を掛けたのだが……どうやらそこまで切羽詰まってはいないものの、電話口では説明がしにくい様子。それでもずいぶんと疲弊しているらしいのは声色からも分かったので、政近はすぐに制服に着替えると、毅と光瑠《ひかる》がいるという第二音楽室へと向かった。

「……おう」

そして、廊下側の窓から中の様子を窺《うかが》い、思わず引《ひ》き攣《つ》った声を漏らす。なぜなら室内では……部屋の隅に座り込んだ光瑠が、暗雲を背負いながら瞳孔の開いた目で何かを呟《つぶや》いていたから。毅の電話である程度予想はしていたが、明らかに闇瑠《やみる》さんが降臨していた。

それも、かなり深度《レベル》が高いと見える。

（帰りて～……けど、そうもいかんよなぁ）

ここまで来ておいて、帰るという選択肢はありえない。ので、政近は溜息《ためいき》をひとつだけ吐くと、意を決して扉を開いた。

「あ、政近ぁ～……待ってたぜぇ……」

するとと、光瑠に何か声を掛け続けていた毅が、すぐに情けない顔で近寄って来る。

「おぉ……どうした？　これどういう状況だ？」

そもそも、どうしてこの場には二人しかいないのか。今日、毅と光瑠は他のバンドメンバー三人と共に、学園祭のライブに向けた練習をしているはずだった。練習場所の予約状況を管理しているのは生徒会なので、それは間違いない。

「聞いてくれよぉ、それがさぁ……」

そして、毅は何があったのかを語り始めた。

◇

「ごめんなさい」

開口一番そう言って頭を下げたのは、肩下まである黒髪をツーサイドアップにした、吊《つ》り目の気が強そうな少女。毅がリーダーを務めるバンド〝ルミナズ〟のボーカル、白鳥奈央《しらとりなお》だった。いつも勝ち気でプライドが高く、滅多《めった》に頭を下げることなどない彼女の行動に、他のバンドメンバーは当惑する。そんな中、奈央は視線を伏せたまま、感情を押し殺したような声で語った。

それは、家の都合で転校することになり、学園祭に一緒に出られなくなったという内容だった。他のメンバーがより詳しく訊いたところ、どうやら父親が経営する会社が倒産寸前であることが原因らしい。それ以上奈央が詳しく語ることはなかったが、どうやらそのことを巡って家庭内でいろいろとあったようだ。

「この学園に来るのも、これが最後になると思うわ。だから……ごめんなさい。急で申し訳ないけど、バンドを抜けさせてもらえるかしら」

突然のメンバーの別れの言葉に、他に四人はとっさに言葉が出ない。そんな中、一人の少女が奈央にゆっくりと近付いた。

「そんな……どうしてもっと早く言ってくれなかったの？」

そう苦しげな声を上げたのは、毛先がくりくりと跳ねたショートカットの、どこか小動物っぽい雰囲気を漂わせる小柄な少女。奈央の幼馴染《おさななじ》みでありキーボード担当の、水無瀬《みなせ》里歩《りほ》だった。酷《ひど》くショックを受けた様子で瞳を揺らす幼馴染みに、奈央は視線を逸《そ》らしながら素っ気なく答える。

「言ったところで……どうにもならないでしょ？」

「そうかもしれないけど……でも、わたしには話して欲しかったよ……」

会社のことをどうにかすることは出来なくても、せめてその悩みを共有したかったと告げる里歩。むしろ相談してもらえなかったことにショックを受けている様子の幼馴染みに、奈央はますます視線を逸らした。

「まあまあ里歩ちゃん、親友だからこそ話しにくいことっていうのもあるし、ね？」

涙目で奈央に詰め寄る里歩を、「これはマズい」と感じた光瑠がやんわりと制止する。

すると、里歩も多少冷静になったようで、奈央に謝罪した。

「ごめんね、奈央ちゃん。責めるつもりはないの……」

「ああ、うん……」

二人の間に、なんとも言えない気まずい沈黙が流れる。その空気を吹き飛ばすように、毅があえて明るい声を上げた。

「ま、まあさ！　別に、学園祭のライブに出れないって決まったわけじゃなくね？　ほら、学園祭のライブに学外の人間が参加しちゃいけないってルールはないし……あれ、ないよな？」

「そこは断言しようよ……いや、でも……そこは盲点だったね」

「だろ⁉　別に転校することになっても、飛び入り参加みたいな感じでライブに出ればいいじゃん！」

「そう……そうだね！　奈央ちゃん、諦めずに一緒に出ようよ！」

毅がとっさに口走った提案に、里歩も親友に詰め寄ってしまった先程の失態を挽回《ばんかい》するように、明るい声で賛同する。

「外部、参加……？　でも、たしかにそれなら……」

奈央としても、ずっと目指してきたライブに参加できないというのは不本意だったのだろう。いつも強気な光を宿す瞳を、今ばかりは頼りなげに揺らしながら、仲間達の顔を順に見る。そこで、それまで黙っていた小太りな男子が、ポンと奈央の肩に手を置きながら言った。

「心配するなよ、奈央。親父《おやじ》さんの会社のことも、俺がなんとかしてやるから」

「え——？」

そう声を掛けたのは、ベース担当であり奈央の彼氏でもある春日野《かすがの》隆一《りゅういち》。恋人の不遜とも言える発言に、奈央が怪訝《けげん》そうに眉根を寄せる。それだけでなく、他の三人もどういうことかと隆一を見た。それに対して、隆一は口の端を吊《つ》り上げながらグッと親指で自分を指す。

「ほら、俺のじいさん、永明《えいめい》銀行の頭取だから」

「マジで!?」

日本人ならば誰もが知るメガバンクの名前に、毅が目を剝《む》いて叫ぶ。光瑠と里歩も、驚愕《きょうがく》に目を見開いた。

「だからまあ……安心しろよ、奈央。俺がじいさんに掛け合って、親父さんの会社をなんとかしてくれるよう頼むからさ」

「隆一……」

恋人の頼もしい申し出に、奈央は瞳を揺らし……きゅっと唇を嚙《か》むと、さっと顔を伏せる。そして、隆一の方を見ずに硬い声で言った。

「……いい。もう、手遅れだから。それに……お祖父《じい》さんとは、あまり仲良くないんでしょ？」

「え、ああ……まあな。でもまあ、大丈夫だって。孫の一生のお願いだったら、あの頑固じじいもイヤとは言わないって！」

「いや、かっこいいこと言っておいて身内頼りなんかい」

「仕っ方ないだろ〜？　こんな頭脳とルックスと性格の良さとベースしか取り柄のない小デブに、ひとつの会社をどうこう出来るとでも？」

毅のツッコミにすかさず隆一が乗っかり、前に突き出たお腹《なか》をポンと叩《たた》く。

「いや自己評価が高い!!」

そこに毅が再びツッコミを入れると、奈央を除く四人の笑い声が上がった。それまでの暗く深刻な雰囲気が一掃され、いつもの明るく気安い雰囲気が戻る。そのことに安心したように眉を下げながら、隆一は俯《うつむ》いたままの恋人に優しく声を掛けた。

「だからさ。何もかもすぐに解決とはいかないだろうけど……バンドを抜けるとか言うなよ。俺も、なんとかじいさんに頼んでみるから」

隆一の言葉に、三人も頷きながら奈央を見る。バンドメンバー四人の情に厚い視線を受けて、しかし奈央は、

「いいって、そんなことしなくて……余計なお世話」

顔を伏せたまま、硬い声で再び隆一の申し出を蹴った。恋人の頑《かたく》なな態度に、隆一は口

の端を引き攣《ひ》らせながらもおどけたように笑う。

「いやいや遠慮すんなって。彼女のためなら、身内に頭下げるくらいなんでもないさ。なんせ、普段からよく先生に頭を下げ──」

「だからいいって!!」

いつものように自虐ネタで場を和ませようとする隆一に、返って来たのは予想外の強い拒絶。笑みを固まらせる隆一に、顔を上げた奈央がキッと鋭い視線を向けた。

「余計なお世話だって言ってるでしょ!?　あたしは、あんたにそんなことして欲しいって思ってない！」

「お、おい奈央、少し落ち着けって」

恋人の身を案じているにしても言い過ぎな言葉に、毅が仲裁に入ろうとする。が、無駄だった。

「そん、なつもりじゃ……お、俺はただ……彼氏として、出来る限りのことはしたいって──」

「じゃあ別れましょ！　どうせ遠距離恋愛なんて長続きしないし、それでいいでしょ！」

「おい！　奈央！」

「ちょっ、ええ!?」

「奈央ちゃん!?」

奈央が放った決定的な一言に、隆一以外の三人が驚愕の声を上げる。一方、別れを突き付けられた隆一は、衝撃に目を見開き……ゆるゆると顔を伏せると、ポツリと呟いた。

「そっか……やっぱり奈央は、俺のことそんなに好きじゃなかったんだな」

「は、はぁ？　なんでそんなこと――」

心外そうに声を上げる奈央。だが、その目がはっきりと泳いだのを、ここにいる四人は見逃さなかった。それで自分の推測に確信を得たのか、隆一は卑屈そうに笑いながら続ける。

「いや、分かってたんだよ。俺と一緒にいてもあんま楽しくなさそうだし、正直なんで告白オッケーしてくれたのかなぁって……それでも、なんだかんだ一緒にいてくれるからそれなりに情はあるのかと思ってたんだけど……」

隆一の言葉に、流石に毅と光瑠も何を言っていいか分からなくなる。そんな中、声を上げたのは里歩だった。

「奈央ちゃん……嘘だよね？　だって、奈央ちゃんバンドに加わる時、ルミナズに好きな人がいるって……」

「！」

数歩近付き、じっと見上げてくる里歩を前に、奈央はこれ以上ないほどに動揺を露《あら》わにした。その視線が救いを求めるように動き、その末に光瑠を捉える。そして、奈央は全てをぶち撒《ま》けるように言い放った。

「そうよ、あたしは元々光瑠のことが好きだったの！　でも、光瑠は女性不信だって言うから……隆一とは、なあなあで付き合ってただけ！　だから、もういいでしょ！」

そこまで言うと、奈央は荷物を引《ひ》っ摑《つか》んで音楽室を飛び出していってしまった。あまりにも衝撃的な展開に、誰も声を出せず沈黙が落ちる。その中で、ポツリと漏らされた声が妙に大きく響いた。

「そんな……わたしだって……」

その声の主は、里歩。本人としても、それは意図せぬことだったのだろう。

「あ、その、わたし……」

集まる視線に、里歩はハッとした表情で動揺を露わにすると、逃げるように音楽室を出て行った。残されたのは、心を千々にかき乱された男子三人。

「りゅ、隆一……その……」

自身も動揺しながらも、失恋した親友に何か声を掛けようとする毅。だが、隆一は力なく泣き笑いを浮かべると、ゆっくりと首を左右に振った。

「ごめん……一人にしてくれ」

そして、隆一もまた肩を落として音楽室を後にする。毅も光瑠も、その背中を追うことは出来なかった。

◇

「地獄じゃねぇか……」

毅の口から事の顚末《てんまつ》を聞き、政近は思わず呻《うめ》き声《ごえ》を上げる。修羅場も修羅場、それも光瑠にとって一番の地雷である、痴情のもつれによる修羅場だ。

（そりゃ、こうなるわな……）

完全に闇堕《やみお》ちしている光瑠に、政近は同情する。光瑠は、自分に恋愛感情を向ける女子自体にまずトラウマがある。その中でも、「友人として気を許した相手が実は自分のことを好きだった」というのは一番ダメなパターンだった。その結果として、過去に女友達だけでなく男友達まで失ったことがあるから。

そして今回も、そのケースに極めて近い。想い人の本命が実は光瑠だったと告げられた隆一が、光瑠にこれまでと変わらない対応をするのは難しいだろう。だから、光瑠がこうして闇堕ちするのも当然だと思う。思う、が……

「（ホントにどいつもこいつもクソビッチが気持ち悪い本当に気持ち悪い男は下半身でしかものを考えてない？　下半身でものを考えてるのは女の方だろうが少し優しくしただけでコロッと好きになりやがっておまけに周りのことも考えずにお花畑脳で暴走して人間関係めちゃくちゃにして恋愛のためなら何やっても許されると思ってんじゃねぇのかあぁもう全員死ねばいいのに）」

「ストップ光瑠、それくらいにしとこう」

キャラ崩壊するレベルの汚い口調で女子への呪詛《じゅそ》を吐く光瑠に、流石に政近も待ったを掛ける。すると、光瑠がのそっと顔を上げ、どんよりと淀《よど》んだ瞳で政近を見上げた。

「……政近？　なんでここに？」

「毅に呼ばれたんだよ……その、大変だったな」

そう言いながら光瑠の隣にしゃがみ込むと、政近は光瑠の肩に腕を回す。毅もまた、反対側にしゃがみ込むと、同じように光瑠の肩に腕を回した。

「ホント、光瑠は女難だよな〜……ま、安心しろ。オレらがいる以上、男難《だんなん》ではないさ。男難なんて言葉があるか知らんけどな！」

「おいおい毅。その言い方だと、まるでお前がいい男みたいじゃないか」

「え？」

「え？」

光瑠の頭越しに、真顔で見つめ合う二人。落ちる沈黙。それを破ったのは、光瑠の小さく吹き出す音だった。

「ぷふっ、まったくもう……ありがとう、二人共」

「おう……なんとか持ち直したようで何よりだ」

「え？　オレ割といい男だよな？　なぁ？」

「毅、空気読め」

「そういうとこだよ」

「何が!?」

政近と光瑠が揃って毅にジト目を向け、いつも通りの展開にまた少し空気が弛緩《しかん》する。と、そこでノックの音がして、ガラリと音楽室のドアが開けられた。

「失礼、この時間からはボク達ピアノ部の練習時間だと記憶しているんだけど……場所を空けてもらえるかな？」

そう言いながら入って来たのは、なんだかずいぶんと色気のある美少年だった。耽美系《たんび》と言うのだろうか？　スラリとしたスタイルのいい長身に、どこか愁いを帯びた端整な容姿。軽く芝居がかった、さながら貴公子のような立ち居振る舞いも相まって、ひどく絵になる美少年だった。名を、桐生院雄翔《きりゅういんゆうしょう》という。

この学園で三本の指に入ると言われる美男子であり、大手グループ会社、桐生院グループの会長子息。それに加えて国内外のピアノコンクールで輝かしい成績を修めていることから、通称〝ピアノ王子〟などとも呼ばれている。その妖しくも美しい顔を見て、毅が小さく「うげっ」という声を漏らした。

「ああ、桐生院か……すまん、すぐ片付ける」

その声に気付かない振りをしながら、政近はそう言うと毅と光瑠を視線で促す。すると、二人は急いで片付けを開始した。政近も何か手伝おうとしたが、勝手が分かっていない部外者が手を出しても邪魔になると判断し、訪問者の応対兼時間稼ぎをすることにする。

「悪いな、少しトラブルがあってごたついてるんだ」

「ああ、大丈夫だよ。ボクも演奏に興が乗ってしまって時間を忘れることはあるしね」

「……そう言ってもらえると助かる」

そう、助かる。が、その背後のピアノ部の女性部員達が、全くそう思っていなさそうなのも気になる。視線からも、「雄翔くんに気を遣わせてんじゃないわよ」みたいな意思をビシビシ感じるし。

「それにしても……久世《くぜ》、キミが音楽室にいるとは珍しいね？　軽音部に入ったのかい？」

「ん？　いや？　今回はちょっと毅に呼ばれただけだ。俺は現状、生徒会だけで手いっぱいだよ」

「そうなのかい？　久世は楽器は苦手なのかな？」

何気ない問い掛けだった。しかし、その雄翔の視線に何か探るようなものを感じ、政近は内心小首を傾げつつ答える。

「別に、そういうわけじゃないが？　小さい頃、一応バイオリンと……ピアノをちょっとかじってた」

「(プッ、雄翔くんの前でピアノって)」

雄翔の後ろにいる女生徒の中から嘲笑を含んだ小さな声が上がり、直後さざめきのように嘲笑が広がる。政近も当然それには気付いていたが、反応しても特にいいことはなさそうなので、そちらを振り向くことなくスルーした。しかし、他でもない雄翔がそれに反応する。

「こらこら、そんなことを言っちゃいけないよ？」

「……は～い」

「でもぉ、プロ顔負けの雄翔様の前でピアノ弾けるとかぁ、笑っちゃっても仕方ないですよぉ」

「ハハハ、プロ顔負けだなんて……ボクにとって、ピアノはあくまで趣味だよ。プロと競うつもりなんかないさ」

「趣味であのレベル……やっぱり、雄翔さんはすごいです！」

一人の女子がそう声を上げると、他の女子部員もそれに頷き、雄翔に熱い視線を送る。

「は～い、空きましたよっと」

そこへ、どこかやさぐれた態度の毅が、舌打ちでもしそうな顔でやって来た。

「そうかい？　それじゃあみんな、始めようか」

「「「「はい！」」」」

政近への興味などもうすっかりなくした様子の女子部員と共に、雄翔が毅や光瑠と入れ替わりで音楽室に入る。その背に「ケッ！」とでも言いたげな視線を送る毅。それに苦笑しながら、政近は二人を連れて廊下に出ると、ある程度歩いたところで毅に声を掛けた。

「お前……桐生院のこと嫌い過ぎじゃね？」

「嫌いっていうか……なぁ？」

政近のド直球な質問に、毅は口ごもる。実際、毅も本気で嫌っているわけではないのだろう。というより、毅は誰かを本気で嫌えるような人間ではない。その証拠に、毅は気まずそうに視線を泳がせると、子供っぽく唇を尖《とが》らせた。

「な〜んかいけすかねぇんだよなぁ。さっきもさぁ、『ピアノとか所詮趣味ですからぁ〜』とか。完全に謙遜風自慢じゃん」

「いや、そんな言い方してなかったけどな？」

だいぶ悪意のあるモノマネにそうツッコむも、毅はお構いなしにヒートアップする。

「そもそも！　なんだよあのハーレム状態！　あいつ以外全員女子部員って、ピアノ部じゃなくってハーレム部じゃねーか！」

「うん、まあ……な」

「しかも！　一回オレ訊《き》いたんだよ！『誰かと付き合ってんのか』って！　そしたらあいつなんて答えたと思う⁉」

「……普通に『付き合ってる人はいない』、かな？」

「そう！」

「そうなのかよ！」

予想外の正解に政近が半笑いでツッコむと、毅はもどかしそうに指をワキワキさせた。

「そうなんだけど違うんだよ！　言い方がなんかこう、無駄に意味深というか、思わせぶりだったんだよ！」

「あぁ〜……つまりなんだ？　付き合って〝は〟いないってやつか？」

「そうそれ！」

政近にズビシッと人差し指を突き付け、毅は真顔で言う。

「あいつ、間違いなくピアノ部の女子全員食ってるぜ」

「邪推が過ぎる!!　つーか、要するにただの嫉妬じゃねぇか!!」

「嫉妬ですがそれが何か？」

「そっか、毅もやっぱりそっち側だったんだネ……？」

「ああ、光瑠！　違うんだよ！　今のは冗談で……」

途端に闇をまとい始める光瑠に、慌ててフォローに回る毅。

「……とりあえず、ファミレスでも行くか？」

その光景を溜息《ためいき》交じりに眺めながら、政近はそう言った。

◇

「で、結局……どうすっかなぁバンド」

ファミレスに入って二十分後。光瑠が落ち着いて少し経《た》ったところで、毅がそうぼやく。

「お前……」

舌の根も乾かぬ内にまたその話題を持ち出したことに、政近は危機感と共に光瑠の様子を窺《うかが》った。が、特に反応がなかったので、安堵《あんど》の息をひとつ落としてその話題に乗る。

「どうするも何も……新しいメンバー入れるしかないんじゃないか？　少なくともボーカ

ルに関しては」

「そうなるよな……あ〜学園祭間に合うかなぁ」

「え、まだ出るつもりなのか？」

学園祭は十月の初旬。あと一カ月と少ししかない。

今から新しいボーカルを探して、隆一や里歩に戻ってきてもらうよう頼んで……そこから練習するとなると、調整が間に合うかはかなり微妙だ。そもそも、「うちでボーカルやって！　本番は一カ月先だから！」と言われて、「はい」と言う人などなかなかいないだろう。なにせボーカルと言えば、そのバンドの顔なのだから。

「流石に厳しいと思うんだが……」

「まあ、そうなんだけど……叶《かなう》に約束しちゃったんだよ。学園祭のライブで、最高にかっこいいところ見せるって」

「ああ、弟さんな。今小四だっけ？」

「そう！　もうめっちゃカワイイの！　オレにすんごい懐いててくれてさぁ〜」

弟のことになった途端、デレデレと目尻と口元をゆるませる毅。しかし、すぐに沈鬱な表情になると、ガバッと頭を抱えた。

「だからこそ、兄ちゃんが約束を破るわけにはいかないんだよぉぉ〜〜〜」

その言葉に、政近は少し肩を揺らす。そして少し考えてから、慎重に口を開いた。

「一応、ボーカルやれる人に心当たりがないわけじゃないけど……」

「え、マジで？」

「……僕らの知ってる人？」

「ああ、本人に訊いてみる必要はあるけど……」

◇

「あっ、アーリャ～こっちこっち」

政近が少し腰を上げて手を振ると、ファミレスに入って来たアリサが一瞬顔をほころばせる。が、すぐに澄ました顔になると、周囲の注目をこれでもかと集めながら近付いてきた。

「悪いな、急に呼び出して」

「別に？　まあたまたま時間が空いてたし……」

そんな風に言いながら、アリサはテーブルに歩み寄って……

「あ、どうもです」

「えっと、こんにちは？」

政近の対面に座る野郎二人を見た途端、ストンと無表情になった。

◇

「……それで、私にボーカルを引き受けて欲しい、と？」

「あ、ああ、どうかな？」

十分ほど掛けて事情を説明し終わり、アリサの顔を窺うも、アリサは仏頂面でメロンソーダフロートを飲むばかり。その露骨に不機嫌そうな態度に、政近とその正面に座る光瑠は頰《ほお》を引《ひ》き攣《つ》らせた。

『ね、ねぇ、なんだか九条《くじょう》さん機嫌悪くない？』

『そ、だな……』

なかなか返事を寄越《よこ》さないアリサを横目に、政近と光瑠はアイコンタクトで語り合う。

毅？　私服姿のアリサに鼻の下を伸ばしてて、な〜んにも気付いちゃいませんが？

【急に呼び出すから……何かと思ったら……】

そこで不意に、不満そうに、ぶつぶつと呟《つぶや》かれるロシア語。それを聞いて、政近はアリサが何に機嫌を損ねているのかを察した。

（え、ああ……呼び出し方が悪かったか）

電話では事情の説明が難しかったので、「時間があるならファミレスに来て欲しい」とだけ言って呼び出したのだが……どうやらアリサは、遊びの誘いか何かと勘違いしてしまったようだ。それで、いざ来てみたら毅と光瑠もいるし、全然遊びじゃないしでご機嫌斜めということだろう。

【用事がなきゃ、誘わないわけ……？】

「えぇっと、アーリャさん？　それで、どうでしょうか？」

遂《つい》にストローをガジガジし始めたアリサに、政近は再び問い掛ける。すると、アリサはじろりと政近を見てから、つっと視線を逸《そ》らした。

「なんで私なの？　私、バンドのボーカルなんてやったことないし……他に相応《ふさわ》しい人がいくらでもいるでしょ？」

「なんでって……それはもちろん、お前が俺の知り合いの中で一番歌が上手《うま》いからだが？」

政近の断言に、興が乗らなさそうにしていたアリサがピクッと眉を動かす。

「……まあ？　歌声は、よく家族にも褒められるけど？　……それだけ？」

「それだけって……歌が上手いって、すごい才能なんだぞ？　考えてみろよ。普通の人が誰かに感動の涙を流させるなんて、一生に一度、結婚式での両親への手紙くらいのもんだぜ？　それを歌が上手い人は、自分の声だけで何千人何万人と感涙させることが出来るんだ。これってすごいことだろ」

「それは、ちょっと大袈裟《おおげさ》じゃない？」

「大袈裟なもんか。はっきり言って、俺は歌の才能っていうのは、天が人に与える才能の中でも最も稀有《けう》で優れた才能だと思うね」

「ふ、ふ〜ん？」

ついさっきまでの、若干不貞腐《ふてくさ》れた態度はどこへやら。アリサは髪先を指でいじいじしながら、まんざらでもなさそうに口元をゆるめた。その姿に意外感たっぷりの表情を浮かべ、光瑠と毅は隣同士で視線を交わす。

『あれ？　もしかしてアーリャ姫って案外チョロい？』

『実は結構乗せられやすい性格、なのかな？』

アイコンタクトで驚きを共有する二人を余所《よそ》に、政近は更に続ける。

「それに、当然アーリャにもメリットがあるぞ？　断言するが、お前が学園祭のステージでその歌声を披露すれば、間違いなく支持者《ファン》が激増するね。それに、チームワークの練習としてもいい経験だろうし」

政近の打算まみれの発言に、アリサは少し眉根を寄せると、気遣わしげに毅と光瑠に視線を向けた。そして、テーブルの下で政近の左手をツンツンとつっつくと、その手のひらに文字をフリック入力する。

『そんなこと言っていいの？』

先日習得した手のひらフリックを早速使っていることと、一生懸命文字を打っているアリサの姿になんだかほっこりしながら、政近はあえて声に出して答えた。

「言っとくが、毅と光瑠に遠慮は無用だぞ？　そこはこの二人も承知の上だから。これはクラスメートへの無償協力ではなく、双方にメリットがある取引だからな」

政近の言葉に、アリサは少し目を逸らして考え込む。そうして十数秒黙考してから、毅と光瑠の方に向き直った。

「分かったわ。私でよければ、協力させてもらうわ」

「お、おお！　マジっすか！　いや、アー……九条さんに引き受けてもらえるなら、大歓迎っす！」

「おいおい毅、まだアーリャの歌も聴いてないのに、歓迎しちゃダメだろ」

「あ、や、でも……九条さんなら、大体なんでも上手いんじゃないかなあって？　ははは……」

アリサの顔を直視できない様子で頭を掻《か》く毅に、政近と光瑠は生温かい目を向ける。

「まあ、僕も九条さんなら文句はないけど……実力は見せてもらう必要があるよね。これは、僕達もだけど」

「そうだな、互いに音合わせ……っていうのか？　一回セッションをしてみて、それから正式判断って形になるか。アーリャもそれでいいよな？」

「ええ」

「そうなると……どうしようか？　どこかカラオケでも行く？」

「いや、俺ら制服だし、カラオケじゃお前らの腕を披露できんだろ」

「そもそも、オレらの楽器学校だし。セッションするなら、やっぱり学校じゃないか？」

「そ、そっか。そうだよね。う～ん……最悪、どこかのスタジオ借りるって手もあるけど

「……次の練習日っていつだっけ？」

毅や光瑠と共に、今後の打ち合わせをする政近。その、アリサと繋《つな》いだままになってい
る左手。その手のひらを、再びアリサが指でなぞり始めた。

（ん？　なんだ……？）

たとえ会話しながらであろうが、手のひらフリックを読み取ることなど政近にとっては
造作もない。意識の半分を会話に向け、残り半分を左手に集中させる。と……

（む、い、て……『こっち向いて』？）

読み取った通りに、政近はアリサの方を振り向く。が、返って来たのは怪訝《けげん》そうな視線
だった。

「……なに？」

「え、いや……」

「お前が呼んだんじゃん」と内心思いながらも、どういうことかと一瞬困惑する政近。ひ
ょっとして読み取り間違いをしたのかと、記憶を遡るも……

「？　政近？」

「おいおいどうした？　急に九条さんの顔を見て。見惚れっちまったのか？」

対面から冷やかし交じりの声を浴びせられ、政近はパッと正面に向き直った。その耳に、
アリサの笑みを含んだ声が届く。

「あら、そうなの？」

挑発的な笑みを浮かべながら、これ見よがしに髪の毛を払うアリサ。その目の奥がニヤニヤと笑っているのを見て、政近は頬を引き攣らせた。

（こい、つ……！）

内心ハメられたことに悪態を吐きながら、政近は平静を装って答える。

「いや？　アーリャがなんか言ったような気がして、ちょっと振り向いただけだが？」

「あらそう」

あっさりと引き下がるアリサだったが、その目の奥に宿った悪戯《いたずら》っぽい光に変化はなく。それを証明するように、またしてもアリサの指が政近の左手をなぞり始めた。

『慌てちゃって、可愛いのね』

「というか、今更だけど一応九条さんには、軽音部に入部してもらわんとダメなんかな？」

「ん？　ああ……どうだろうな？　まあ、それが一番ややこしくないんだろうが……」

「でも、学園祭までってなると一カ月ちょっとだよ？　それだけの期間ですぐ退部するっていうのもなんだか……」

「だよな」

『今度は本当だから、もう一回こっち向いて？』

「う～ん、そこはまぁ部長と相談かな……別に軽音部じゃなかったらライブに参加できないってことはないと思うが、生徒会役員が部外者のまま参加ってのもちょっとややこしそうだし」

「ま、そうだな……そこはオレの方から少し連絡入れとくわ」

『どうしたの？　拗《す》ねちゃったの？』

「待って。それは九条さんが正式参加するって決まってからでいいんじゃない？」

「その方がいいだろうな。次回練習は始業式の二日前だろ？　そこで正式決定して、もし入部するなら二学期からの入部ってことで……」

『子供みたいで可愛い』

（お前俺が教えた手のひらフリックを早速悪用するなぁぁ――!!）

毅や光瑠と会話をしながらも、政近は内心で絶叫した。

努めて反応しないようにしつつも、もしかしたら本当に内密に伝えたいことがあるのかもしれないと、アリサの指にも意識を割いていたが……完ッッ全にただの悪戯だった。強いて無反応を貫く政近をからかってしかいなかった。

こうなったらもう、読み取るのはやめにしよう。そう決めて、政近は会話の方に集中する。が、

（う……なんか、これはこれで……）

指の動きを追うのをやめた結果、かえって指の感触の方に意識が向くようになってしまった。手のひらをくすぐる、アリサの滑らかな指先。指をノックする度にクックッと軽く握り合わされ、重なる手と手。

（あ、あかん……ついこの前開発されたせいで、なんかすっごいムズムズする！）

ゾクゾクとしたものが背筋をゆっくりと這《は》い上がってくる感覚に、政近は危機感を覚える。だが、ここで手を振り払うのは失礼な気がするし、負けた気もする。かといって、会話の最中にいきなり席を立つ口実も思い付かない。

（いや、でも、ちょっと……マジでやばい。ってかテーブルの下でごそごそって、なんかイケナイことしてる気分になってきた……！）

体の奥がじりじりと熱を持ってくるのを自覚し、政近はとにかく早く会話を終わらせようと考えた。だが、なかなかそうはいかない。主に毅が思い付きで話題をあちこちに飛ばすせいで、なかなか区切りがつかないのだ。それでもなんとか理性を総動員して、平静な態度を貫く。

「じゃあ、実際にライブで歌う曲の音源と歌詞は先に渡しておいた方がいいな」

「うん、そうだね……ところで」

「ん？」

「政近、なんだか顔赤くない？」

「え？」

光瑠の指摘に、政近はピシリと固まる。

「ホントだ、ちょっと赤いな。大丈夫か？」

続いて毅から向けられる、何気ない気遣い。友人二人から向けられる純粋な瞳に……政近は、猛烈に消え入りたくなった。

　胸に湧き上がる、さながら友人の前でイケナイ火遊びに興じた挙句、心配されてしまったかのような強烈な後ろめたさ。加えて、アリサの悪戯に屈し、手をいじられたくらいで赤面してしまったことへの屈辱や羞恥や自己嫌悪。

（あぁぁぁぁ〜〜!!　消えたい死にたいむしろ殺せ!!　今すぐ俺を殺せぇぇ〜〜!!）

　弁解する余裕もなく、肩を縮こまらせる政近。その耳に、アリサの声が届く。

「あらどうしたの？　熱でもあるのかしら」

　あまりにも白々しいその言葉に、政近は横目でギッとアリサを睨《にら》んだ。しかし、アリサはどこ吹く風。むしろ満足そうに口元をゆるめると、政近の掌《てのひら》に指を躍らせた。

『今日はこのくらいにしておいてあげる』

　それを最後に手を離すと、アリサはメロンソーダフロートを手に取る。そして、心底愉《たの》しそうに笑いながら、勝利の美酒《ジュース》に酔いしれるのだった。

第5話 ロシア語デレ、略して露出愛語

「そうか、結局ダメだったか……」

『ああ……ま、無理もないけどさ』

アリサにボーカルを引き受けさせたその翌日、政近《まさちか》は自室で毅《たけし》とスマホで話していた。

話題は、ルミナズのベース担当である隆一と、キーボード担当の里歩に関するものだった。

『二人共、バンド活動はしばらく休止させてもらいたいってさ……いつまでかは分からないけど、たぶん学園祭には間に合わんだろうな』

いつも元気な彼らしくもない、覇気のない声からは、その二人との話し合いで毅がかなり消耗していることが窺《うかが》えた。

「そうか……まあ、心情的にしこりがある状態でバンドやっても、ちゃんと息を合わせられるとも思えないしな」

『そうだよなぁ～……にしても、まさか里歩まで光瑠《ひかる》のことが好きだったなんてなぁ……』

「……ん？」

毅の漏らした言葉に、政近は疑問符を浮かべる。

「……そんな話あったっけ？」

『え？　だって去り際に、里歩が「わたしだって……」って。あれ、里歩も光瑠のことを好きだったってことだろ？　だから、なおのこと光瑠もあんな状態なわけで』

「……う〜ん？」

たしかに、前後の流れからするとそういう意味に聞こえる。が、それでも政近には何か違和感があった。……いや、違和感と言うならその前からだ。

あの三人とは、友達の友達という形で、毅や光瑠を通してそれなりに交流があった。だから、三人の人となりはそれなりに知っている。その政近からすると、今回毅から聞いた顛末《てんまつ》には違和感しかなかった。当事者である毅や光瑠は、衝撃の方が大き過ぎて気付いていないようだが。いや、これはもはや違和感を通り越して――

『ハァ……でも、そうするとベースとキーボードをどうするか……せっかくアーリャ姫に協力してもらえることになったのに……』

すっかり意気消沈した声音で、毅は溜息《ためいき》交じりにぼやく。その言葉で、政近は自らの思考を中断した。同時に毅の中に「やめる」という選択肢がないのだと察し、それでもなお、改めて確認をする。

「これで、メンバーが半数以上抜けたわけだが……まだ、学園祭で演奏するつもりなのか？」

『ん？　まあ、そうだな……叶《かなう》との約束だし、それに……』

「それに？」

『ここで中止ってなったらさ。光瑠が……今回のことを、ずっと引きずりそうじゃん？』

純粋に、親友への気遣いを口にする毅。そしてすぐ、誤魔化《ごまか》すように声を上げた。

『それにあれだ！　アーリャ姫とコラボ出来るこの機会を、逃すわけにはいかんしな！』

「……ハハ、そうだな」

口ではそう言っているものの、それが主たる目的ではないのは明らかだった。なんだかんだ、女子への下心よりは男同士の友情を優先する。それが、丸山《まるやま》毅という男なのだから。

「よし、そういうことならベースとキーボードは俺に任せてくれ」

『えっ、まだ誰か心当たりがあるのか？　キーボードはともかく、ベース弾ける奴なんて軽音部以外ではそうそういないと思うんだが……』

「ま、少しな……いざとなったら、俺が弾くさ」

『え、マジ？　お前ベース弾けんの？』

「弾いたことないけど、バイオリンは弾けるし。同じ弦楽器なら、そう変わらんだろ？」

『だいぶ変わると思うが⁉　あと、バイオリン弾けるって話も初耳なんだが⁉』

「そうだっけ？　まあ、わざわざ自慢するほど弾けるわけじゃないしな……精々、〝チャルダッシュ〟を倍速で弾けるくらいだ」

『バケモンじゃねぇか‼』

その後、スマホ越しにしばらく雑談をして、毅のテンションがいつも通りに戻った辺りで通話を切った。そして、政近はメッセージアプリを立ち上げると、毅に告げた〝心当たり〟に当たる相手にメッセージを送るのだった。

◇

「……話は分かりました」

翌日、政近は呼び出した相手……中等部で生徒会仲間であった谷山沙也加《たにやまさやか》と、とあるカフェで向かい合っていた。注文したメニューが届くのを待つ間、黙って政近の話を聞いていた沙也加は、政近がザッと事情を説明したところで静かに口を開く。

「それで？　それを聞いた上で、わたしに何を？」

およそ歩み寄ろうという意志の感じられない、冷徹な声と視線。沙也加は基本、極一部の人間を除いて誰に対してもクールだが、政近とはかつて壮絶な選挙バトルを演じたこともあり、特に対応がシビアなように感じられる。

それはさながら、部下を問い詰める厳しい女上司のようで。その瞳には、いかなる誤魔化しも許さないという炯々《けいけい》とした光が宿っていた。だからこそ、政近も誤魔化しや茶化しはなしで、正直に答える。

「単刀直入に言う。新たなベース担当として、毅たちのバンドに加わってくれないか？」

「なぜですか？　わたしはベースなんて……」

「弾けるよな?」

皆まで言わせず、政近はじっと沙也加の目を見た。沙也加もまた、政近の真意を見抜くようにじっと見返す。

そして、政近の視線がテーブルの上の沙也加の両手に向いたところで、沙也加はふっと息を吐くと、椅子に深く腰掛けた。

「仮にそうだとして、その提案、わたしに何のメリットがあるんですか?」

淡々と言い放ち、沙也加は眼鏡をキラリと光らせると、口元にうっすらとした笑みを浮かべる。

「まさか、わたしが九条《くじょう》さんの人気取りに、無条件で協力するとでも──」

「お待たせしました~。こちら、〝ナクーシャのヒーリングサンドウィッチ〟と〝MPポーション〟になりま~す」

「わ、わっ、すごい!」

「あとちょっと頑張れや」

店員さんが運んできた料理を前にして、一瞬でシリアスな空気を霧散させた沙也加に、政近はジト目でツッコむ。そう、実はこのお店、カフェはカフェでもコラボカフェであった。

店内は傭兵《ようへい》や冒険者が集まる酒場をイメージしたデザインになっており、メニューもアニメの作中に登場した料理や、それぞれのキャラクターをイメージした飲み物などが用意されていて、どれも非常に凝っている。

「そしてこちら、〝ゲルガーのドラゴンハンバーグ〟と〝ドワーフの火酒〟です」

「あ、どうも」

沙也加に続いて、政近の前にも料理が置かれる。ちなみに当然ながら、ドラゴンハンバーグと言っても実際には牛と豚の合い挽《あび》き肉だし、火酒と言ってもアルコールは入っていない。あくまで、作中に登場した見た目をそれっぽく再現してあるだけだ。

（でも、よく出来てるな……有希《ゆき》も来れたら楽しめたろうに）

実はこのコラボカフェ、元はと言えば有希と一緒に来るために予約していたのだ。しかし、たまたま予定が入って有希が来れなくなったため、ちょうど空いた一枠に沙也加を誘ったのだった。

せめて有希に写真だけでも送ってやろうと、政近はスマホを構える。その正面で、沙也加もスマホで写真を撮っていた。そのまましばし、無言の撮影タイム。席を替わり、相手の料理を撮影することも忘れない。

そうして一通り写真を撮影し、飲み物に付いていたコースターを眺めてから、沙也加はおもむろに表情を改めた。

「それで？　まさかわたしが、九条さんに無条件で協力するとでも？」

「ムリムリ、今のお前にシリアスが出来るとでも？」

淡々とツッコんでから、政近はフォークを手に取る。

「ほら、時間制限もあることだし、とりあえず食べようぜ」

そう言って促せば、沙也加も少し眉根を寄せながらサンドウィッチに手を伸ばした。そうして二十分ほどで食事を終えてから、政近は話を戻す。

「それで、バンドの話だが……お前にとっても、心惹《ひ》かれる話だと思うんだけどな？　ほら、メンバーが足りなくなったバンドが学園祭を目指すなんて、まるでけいふゆみたいだし」

政近の言葉に、沙也加はピクリと眉を動かした。けいふゆ（正式名称：軽音部に冬は来ない）とは、メンバーの転校によって人数が足りなくなり、廃部を予告された軽音部が、それを回避するために学園祭でのライブ成功を目指すアニメだ。〝冬は来ない〟というタイトルには、「このままでは冬を迎えられない」という危機感と、「冬の時代《廃部》を受け入れはしない」という決意表明の、二つの意味が込められている。三年前に大流行りし、多くのオタクを軽音の道に走らせたという逸話を持っていた。

そして政近が見たところ、沙也加も恐らくそのクチだ。遊園地で有希のTシャツに過剰反応していたのと、指にうっすらと残るタコの痕がその根拠。

「……まあ、分からないでもないですけどね。ベースのかなみんも、後から参加したメンバーですし」

ゆっくりと頷きながら、沙也加は眼鏡のブリッジを押し上げ、瞳をその向こうに隠す。

「分からないでもないですけどね？　ボーカルのルナも銀髪ですし弟に活躍してる姿を見

せたいって動機はヒカリの妹愛に通ずるものがありますしそもそもヒカリって名前が清宮《きよみや》さんの名前とよく似てますしそれに――」

「うん、思ったより共感してもらえているようで何よりだ」

眼鏡をくいくいしながら早口で語る沙也加に、政近は生ぬる～い目を向ける。そのまま三分間に亘《わた》って、沙也加の熱いけいふゆ語りは続いた。そして、ふと我に返った沙也加は、軽く咳払《せきばら》いをしてからクールな表情を浮かべる。

「まあ、そういうわけですが……だからといって、わたしが九条さんに協力するわけには」

「いやだからムリがあるって。今日のお前にもうシリアスモードはムリよ」

内心「今までよくボロを出さずにいられたな」と呆《あき》れとも感心ともつかない感想を抱きながら、政近は椅子の下に手を伸ばした。

「まあ、タダとは言わんよ？」

そうして政近がテーブルの上に出したものを見て……沙也加の目の色が変わった。

「なっ、そ、それは……!?」

椅子を蹴倒しそうな勢いで立ち上がると、グッと顔を近付けてそれを見る。そして、見間違いでないと悟るや、微妙に震えた掠《かす》れ声で言った。

「アニメ公式ラジオのお手紙コーナーで、手紙の採用者のみに配られたという、声優の直筆サイン入りオリジナルクオカード……しかも、最終回の？」

「流石によく知ってるな。これ、毎回絵柄が違ってすごいんだよなぁ～中でもこの最終回の全員集合イラストは、完全描き下ろしの特別仕様だ。世界に五枚しかなく、今まで転売されたこともないマジモンのプレミアグッズだな」

政近のプロモーションに、沙也加の喉がゴクリと動く。その反応の良さにニヤッと笑いながら、政近は二枚のアクリル板の間に封入されたそれを、テーブルの上に置いた。

「この話を引き受けてくれたら、これは譲るよ」

露骨な買収行為に、沙也加の目がスッと細められる。途端に冷徹な表情を取り戻した沙也加は、ストンと椅子に腰を下ろすと、フッと皮肉っぽく息を吐いた。

「わたしを物で釣ろうとは……舐《な》められたものですね」

「手を離してから言え」

もっともその手はしっかりと、テーブルの上のクオカードを摑《つか》んでいたのだが。そのまま政近がクオカードを持ち上げると、沙也加の手も一緒に釣れた。無事、ベース確保。

◇

その翌日、政近は続いてキーボード担当の心当たりと会っていた。

「で？　アタシにキーボードをやれって？」

そう真っ正面から尋ねたのは、ポニーテールにした金髪が眩《まぶ》しい宮前乃々亜《みやまえののあ》。その問い掛けに、政近は静かに笑う。

「どうしたい？」

「は？」

政近の逆質問に、乃々亜は半眼のまま少し口を開けた。その反応に笑みを深めながら、政近は何食わぬ顔で提案する。

「宮前がやりたいって言うなら、キーボード担当として歓迎するが？」

そう、提案だ。お願いではない。こちらからお願いすれば、対価が必要となる。乃々亜を満足させる対価などなかなか思い付かないし、乃々亜相手に借りを作るのは恐ろし過ぎる。

だからこそ、政近はお願いはしない。沙也加を引き込んだという事実を以《もっ》て、ただ提案する。一緒にやりたいならやらせてやってもいいよ、と。

「……な～る。アタシとさやっちと、わざわざ別日にこの話を持って来たのはそ～いうことね」

そんな政近の思惑を、持ち前の聡《さと》さで即座に理解し、乃々亜は椅子の背もたれに身を預けた。

「ちな、アタシが断ったらどうすんの？」

「その時は俺がやるさ。お前に比べたらビジュアル的に見劣りするだろうけどな」

「ふ～ん？」

平然とした顔で肩を竦《すく》める政近に、乃々亜は意味深な目を向ける。が、すぐに興味をなくしたように瞑目《めいもく》すると、ひらひらと手を振った。

「ま、い～よ。乗せられてあげる。なんかちょ～と釈然としないけどね～」

「そうか、助かる」

そうして、晴れて五人のバンドメンバーは揃《そろ》うのだった。

◇

「というわけで、メンバー五人揃ったぞ」

『ちょっと待て』

『女……また女……』

『うん、闇瑠もちょっと待っててくれるか？』

毅と光瑠に、グループ通話で勧誘したメンバーについて報告すると、返って来たのはそんな反応だった。

『いくら生徒会関係で繋がりがあるからって……あの二人を勧誘できるって……』

「俺が心当たりあるって時点で、宮前は予想できるだろ。あいつがピアノ上手《うま》いのは有名だし」

征嶺学園《せいれいがくえん》の中等部では、毎年合唱コンクールが開かれる。そして、そこでは毎回、クラスで一番ピアノの上手い人が伴奏を担当するのが慣例だ。富裕層の子女が多く通うこの学園では、幼少期よりピアノを習っている生徒も多く、その中で伴奏に選ばれる生徒は、ピアノの腕も相当なものだ。そして乃々亜は三年連続で伴奏を務め、学園でもピアノ王子こと雄翔に次いで、二番目に優れたピアニストだと言われている。それは毅も重々承知の上だ。が、

『いや、有名過ぎてまさかそこ行くとは思ってなかったんだってての……』

　乃々亜は優れたピアニストとして知られている一方で、音楽系の部活に一切興味を示さないことでも知られている（というか、部活全体に興味を示さない）。その乃々亜の勧誘にあっさり成功したというのだから、毅としても頭を抱えたくなるというものなのだろう。

『ってか、ピアノとキーボードって似て非なるものなんだが……そこは大丈夫なのか？』

「え、そんなに違うもんなのか？　……まあ、本人が弾けるって言うなら大丈夫なんじゃね？」

『そこ曖昧なのかよ……それに、谷山さん？　あの人ベースとか弾けるんだな……正直、全然イメージないんだけど』

「うん、正直俺もあんまりイメージ付いてない」

『？　じゃあなんでベース弾けるって知ってるんだ？』

「……まあ、いろいろあってな」

　言葉を濁してから、政近は即座に話を切り替える。

「それで、毅的にはこのメンバーに不満はあるか？」

『え、オレはないけど……むしろ、すごいメンバー過ぎて委縮するっていうか、完全に食われちゃうんじゃないか心配というか……』

「安心しろ、あいつらもそこまで悪食じゃない」

『そういう意味じゃねーよ！　むしろ、そっちの意味でなら是非食われたいわ！』

「安心しろ、そんな機会は絶対にない」

『なんでだよ！　谷山さんはともかく、宮前さんだったらもしかするとおいしく頂いてもらえ――』

「万が一そんなことがあったとしても、あいつだけはやめとけ、マジで」

ガチトーンでそう忠告してから、政近は光瑠に声を掛ける。

「つーわけだから、安心しろ光瑠。あの三人に関して言えば、お前に惚《ほ》れることは絶対ないから」

『……ホントに？』

「おう。もし万が一、何か恋愛系のトラブルが起こりそうだったら、そこは俺がマネージャーとして対処するしな」

『え、マネージャー？』

政近がサラッと告げた単語に、毅が素っ頓狂な声で反応した。それに、政近は意外感の漂う声で答える。

「……元より、俺はそのつもりだったんだが？　新規メンバーの勧誘をしたのが俺である以上、そのケアも当然俺がすべきだろ？」

『まあ……そう、かな？』

「そうだよ。それに、俺が間に入らないとお前らとあの三人、なかなか馴染《なじ》めなさそうだしな」

『ああ、たしかにそれは……そうだな』

毅の納得を得られたところで、政近は光瑠の説得に戻る。

「ま、そういうわけだから……ここはひとつ俺を信用して、一緒に頑張ってみてくれないか？」

『……』

しばし沈黙が流れ、その末に光瑠の小さく息を吐く音が響いた。

『……分かったよ。政近が選んで連れて来てくれた人達なんだ。ここでわがまま言う気はないよ。そもそも、前のメンバーが離散した原因は僕にあるわけだしね……』

「いや、そこは気にすることないだろ」

『うん、光瑠はなんも悪くないし。責任感じる必要ねーよ』

『……ありがとう』

政近と毅の即答に小さく笑みを漏らし、光瑠も三人とバンドを組むことを了承する。その二日後、五人のメンバーは、第一音楽室で初顔合わせすることとなった。が、

「「「「……」」」」

ま〜空気が重かった。否《いや》、重さを感じているのは男性陣だけかもしれないが……

早めに来て、ず〜っとスマホをいじってる乃々亜。黙々とベースの調整をしている沙也加。キラキラしい女性陣を前にピュアさを発揮している毅。既に若干薄暗いオーラをまとっている光瑠。シンプルにコミュ障なアリサ。だ〜れも自分から声を上げない。全員が揃って既に二分が経過しているが、初顔合わせだというのに一向に会話が始まる気配がなかった。

(あ〜これは思ったよりも……ここは、俺が仕切るしかないか？)

そう考え、政近がとりあえず自己紹介でもさせようとしたその瞬間。それまで黙ってベースをいじっていた沙也加が、おもむろに「さて」と声を上げた。

「全員揃ったようですし、早速始めましょうか。あまり時間もないようですし」

「りょ〜」

「え、お……」

沙也加の言葉に乃々亜がキーボードをセットし始め、慌てて毅や光瑠も準備を始める。ロクに会話もせずにセッションを開始しようとする沙也加に、政近はとっさに声を掛けた。

「ちょっと待て谷山。せめて、軽く自己紹介くらいはした方がいいんじゃないか？」

「お互いに全く知らない間柄でもないですし、情報は共有しています。今更でしょう。それに――」

冷静にそこまで言ってから、沙也加はベースのネックにそっと指を這《は》わしてフッと笑った。

「百の言葉を交わすよりひとつの音を合わせる方が、ずっと相手のことを知れるでしょうから」

「急にかっこいいこと言い出すじゃん。え、お前ってそんなキャラだっけ？」

思わず真顔でツッコむ政近だったが、沙也加は何やら自己陶酔してらっしゃるご様子。

（というか、あのベースって……）

なんだか見覚えのあるベースだった。具体的には、三年ほど前にアニメで見たことがあるような……

（……ただのガチオタであったか）

どこかうっとりとした瞳でベースを撫《な》でる沙也加から目を逸《そ》らし、政近は乃々亜に目を向ける。

「宮前って、キーボード持ってたんだな」

自前のキーボードをセットしている乃々亜に何気なくそう言うと、乃々亜は顔を上げて答えた。

「ん？　買ったんだけど？」

「えっ、まさか今回のために買ったのか!?　わざわざ!?」

「うん」

「あぁ～……そりゃ、有り難いというか申し訳ないというか……一応、軽音部の部室にレンタル出来るのがあったんだが？」

「どうせなら、自分のものでやりたいし。ゆ〜てピアノみたいに高くないから、大したことないよ」

「ああ、そう……」

淡々と言って肩を竦める乃々亜に、政近も中途半端に頷《うなず》く。と、ギターを首から提げた毅が近寄って来て、こそっと政近に耳打ちした。

「（軽〜く言ってるけどな。あれ、キーボード本体だけで十万近くするやつだぞ？　周りの機器も含めたら、たぶん十三万くらい行ってるんじゃないか？）」

「（マジで⁉）」

それを大したことがないとは、金銭感覚が違う。流石は女子高生モデルということか。

静かに戦慄する政近の耳に、ふとアリサが何かを口ずさむ声が聞こえてきた。声出しでもしているのかと、何気なくそちらに耳を傾け――

【かっま〜え、かっま〜え、かまえ〜】

「⁉　ぅブッ！」

「お、ど、どうした？」

「いや……なんでもない」

とっさに誤魔化《ごまか》しながら、政近は別の意味で戦慄する。

（こ、これは……いつか聞いた、かまちょの歌⁉）

正式タイトル『届かない思い（作詞作曲：九条アリサ）』であった。素知らぬ顔でロシア語を口ずさむアリサに、政近は「どういうメンタルしてんだ」という目を向ける。そして、小さく息を吐いてからアリサの下へと向かった。

「調子はどうだ、届かない思い」

「誰が届かない思いよ」

「そんだけ鋭くツッコめるようなら大丈夫そうだな〜」

テキトーな返事をする政近に少しジト目を向けてから、アリサは手元のスマホに視線を戻す。

「一応、もらった音源を聴いて歌詞なしでも歌えるようにはしてきたけど……いかんせん、生のバンド演奏と合わせるのは初めてだから、やってみないとなんとも言えないわね」

「そうか。まあ、それはそうだな」

「ちょっと……マネージャーなんでしょ？　何かアドバイスとかないの？」

「え、無理。俺バンドとかやったことないし」

「頼りにならないわね……」

眉をひそめて憎まれ口を叩《たた》くアリサに、政近は肩を竦める。

「ま、ひとつ言えるとするなら……下手に遠慮とか周りに合わせようとかせず、ガンガン声を上げていけってことかな」

「なにそれ、そんなことでいいの？」

「そんなことって、これが出来る人は意外と少ないと思うが？」

「お～い、そろそろいいか～？」

そこで毅に声を掛けられ、政近はアリサを手で促した。

「それじゃ、行ってこい」

「ええ」

全員が配置に着き、その先頭にアリサが立つ。そうして、五人の初めてとなるセッションが開始された。

「おお……！」

最初は少しぎこちなかった演奏。それが、アリサの歌が入った瞬間に空気が変わった。のびやかで透明感がありながらも、しっかりとした力強さも感じさせる美声。その声に引っ張られるように、四人の演奏が徐々にまとまっていく。更に、サビに向かってアリサが声を張ると、それに引っ張られるように四人の演奏はますます熱を帯びていった。そしてサビに入ると、一気にテンションが爆発する。その勢いのまま一番の最後まで駆け抜け、最後にギターの余韻を残して演奏は終了した。

「おお～！」

一瞬の静寂の後、政近は心からの拍手を送る。まだいろいろと拙い部分はあったが、それでもこのメンバーのポテンシャルを十分に感じさせる演奏だった。手応えを感じているのは政近だけではないようで、毅が興奮気味に声を上げる。

「いや、すっげぇよ！　九条さんめっちゃ歌うまっ！　谷山さんも宮前さんも最高だったわ！」

「ホントにね、まさか初めてでここまで気持ちよく演奏できるとは思わなかったよ」

すっかりテンションが上がっている男性陣に対して、しかし女性陣はクールだった。

「ん〜やっぱ一人でやるのとじゃだいぶ違うね〜」

「だいぶ入りがバタつきましたね。九条さんに助けられました」

「……まあ、初めてならこんなものかしら？」

その冷静な反応に、毅と光瑠も少〜し苦笑する。まあ、政近の目から見ると、アリサに関しては多分に照れ隠しも含まれていたのだが。

「それでは、もう何回か繰り返しやりましょうか。その後一度フルで通してみるということで」

「お、おお、そうっすね」

その沙也加の言葉で、再び練習が始まる。そうして、ぶっ通しで練習すること四十分ほど。

「サビの三小節目で少しもたつきましたね。あと何回かそこをやりましょうか」

「ああ、そっすね」

「うん」

「りょ〜」

「ええ」

気付けば、自然と沙也加が中心となって練習が進んでいた。

(流石は谷山だな……視野が広く、人のことをよく見てる)

政近から見て、沙也加は生粋の指揮官タイプだ。集団を動かすということに関して、彼女ほどの才覚を持つ者はそうそういないと感じている。

アリサは自分一人でやった方が上手《うま》くいくと考えているタイプだが、沙也加はその真逆。自分が中心となって人を動かした方が、一番効率的で上手くいくと確信している。そして、実際に上手くいく。その成果が実績となり、周囲の人間はいつしか「谷山の言う通りに動いていれば大丈夫」と思うようになり、その和を乱す者を疎ましく思うようになる。

情に訴えるでもなくカリスマ性に頼るでもなく、確実な成果という徹底した実利で以《もっ》て、周囲の人間を動かす。それが、生まれながらにして支配する側の人間である沙也加の持つ、天性の才能だった。

(や〜れやれ、これが味方ってのは頼もしい一方で厄介だな……分かってるのか？　アーリャ。このままじゃ仮に生徒会長になれたとしても、実務の中心を谷山に奪われかねんぞ？)

先程の「声を上げていけ」というアドバイスには、そっちの意味も含まれていたのだが……アリサがそれに気付いた様子はない。

(ま、最初から上手くはやれんか。これからだな)

そんな政近の考えを余所《よそ》に、乗りに乗ってしまった五人の練習は続くのだった。

◇

「よ～し、それじゃあそろそろ時間だから、片付けとミーティング始めるか～」

音楽室の予約時間残り十五分になったところで、政近は手を叩《たた》きながらそう声を掛けた。

「なんだか顔合わせのつもりが思いっ切り練習突入しちゃったが……とりあえず、このメンバーで学園祭目指すっていうのには異論はないか？」

「おう！　異論なんて一個もねぇ！　最高のメンバーだ！」

「うん、よろしく三人共」

「ええ、よろしくお願いします」

「よろ～」

「よろしく」

そうして正式にこの五人でバンドを組むことが決定し、次回練習は新学期に。それまでに、各人バンド名を考えておくことに決まった。そして、今日は一旦解散ということになったのだが……

「あっ、アーリャちょっといいか？　明後日の始業式について話したいことがあるんだが……」

左手で頭を掻きつつ、そうアリサに声を掛けると、政近は他の四人に目を向ける。

「おお、そうか。じゃあ先帰るわ。またな」

「またね、二人共」

「また新学期にお会いしましょう」

「バイに〜」

「おう、また」

「ええ、また」

四人が音楽室を出て行くのを見送り、アリサは政近に怪訝《けげん》そうな顔を向けた。

「それで、始業式の話って？　明日生徒会で準備をするんじゃなかったかしら？」

「いや、もちろん口実だが？　というか……合図に気付かなかった？」

「え？」

「ほら、左手で髪を触るとって……」

「あ……」

そこでアリサは、先日政近と取り決めた「左手で髪を触りながら言ったことはブラフ」という話を思い出したらしい。少し気まずそうに肩を縮めながら、アリサはスッと視線を逸らした。

「……ごめんなさい。忘れてたわ」

「ああ、まあいいんだけど……とりあえず、中庭にでも行くか」

また次の団体にせっつかれても面倒なので、一旦場所を中庭に移す。普段は隣接する廊下に人通りの絶えない中庭だが、流石に夏休み中というだけあって、今日ばかりは人気《ひとけ》がなかった。

「さってと……で、練習はどうだった？」

木陰のベンチに並んで腰掛けると、政近は早速切り出す。それに、アリサも特に迷う様子もなく答えた。

「そうね……正直、思ったよりも楽しかったわ。誰かと一緒に音楽を作り出すのが、あんなに楽しいとは思わなかった」

「そうか、それはよかった」

アリサの素直な感想に、政近は心からそう返す。アリサが誰かと一緒に作業をすることを楽しいと思えたのなら、それはひとつの進歩だと思うから。

【あなたも一緒だったら、もっと楽しかったのかもしれないけど】

（唐突な露出愛語《ロシア》やめぃ）

ちょっと感傷に浸っていたところにロシア語デレをぶっ刺され、政近はスンッとなる。

そして、咳払《せきばら》いをひとつして本題に入った。

「で、だ……次回の練習で、バンド名を決めることになったわけだが」

「？　ええ、そうね」

「普通だと、そのままバンドリーダーを決める流れになると思うんだよ」

「え？」

それは予想していなかったのか、虚を衝《つ》かれた声を漏らしてから、アリサは小首を傾げる。

「……リーダーは、丸山君じゃないの？」

「元々はな。だが、バンドのメンバーが半数以上替わってるんだ。恐らく、最初から決め直すことになると思うぞ？」

そう言ってから、政近は意識して厳しめな態度を表に出し、隣に座るアリサに真っ直ぐ向き直った。

「で、その場合……リーダーになるのは誰だと思う？」

政近の質問に、アリサは一瞬目を見開き……躊躇《ためら》いがちに、言葉を紡ぐ。

「それは……谷山さん、かしら」

「そうだな。今日の練習、明らかにリーダーシップを発揮していたのは谷山だ」

その容赦ない断言に、ようやく政近の言いたいことを察した様子で、アリサが唇を噛《か》んだ。だが、政近は更に追い討ちを掛ける。

「つまり、今日の練習。お前はリーダーの資質という点で、谷山に完敗したと自分で認めたわけだ。きっと、毅や光瑠も同じ感想だろう。このままじゃ、バンドリーダーは谷山に決定するだろうな」

「……そう、ね」

　ひとつも反論できないのか、アリサは悔しそうにしながらも政近に同意する。しかし、政近はそこで肩を竦《すく》めると、一転してお気楽な声を上げた。

「な〜んてな」

「？」

「ま、そんなことを言っといてなんだけど、実は次回の練習ではリーダーは決められないんだけどね」

「どういうこと？」

　怪訝そうに見返すアリサに、政近は何気ない調子で答える。

「あらかじめ他の四人には頼んでおいたんだよ。バンドリーダーの決定は、本番当日……正確には、最後のリハの時にしてくれって」

「え？」

　どういうことかと眉根を寄せるアリサ。そこで、政近は再び表情を改めて真っ直ぐに告げた。

「アーリャ、一カ月後の本番までに、あの四人にお前こそがリーダーに相応《ふさわ》しいって認めさせろ。それが出来なきゃ、生徒会長なんて夢のまた夢だ」

「っ！」

「谷山は間違いなく、この学園でもトップクラスに優れたリーダーシップの持ち主だ。あいつから学べるところは学びつつ、ちゃんとお前らしくあいつを超えろ」

政近の言葉を受け、アリサは数秒俯《うつむ》いてから空を見上げた。そして、しばしの沈黙の後、決意を秘めた声で短く答える。

「分かったわ」

「……おう」

その迷いのない横顔に憧憬《しょうけい》と共に満足感を覚え、政近は自らも空を見上げながら、いつもの口調で隣に語り掛けた。

「まあ、いつも通り俺もサポートするさ」

「ええ……頼りにしてるから」

そうして、どちらからともなくそっと手を繋《つな》いだ。お互いへの信頼を、伝え合うように。

夏空に向けた二人の宣誓は、お互いに胸にしっかりと刻まれ……そして、新学期が始まった。

Иногда Аля внезапно кокетничает по-русски

第6話 これは俺マジで無罪だと思う

「おお〜すげ〜」

九月一日、夏休み明けの二学期最初の日。始業式とホームルームを終えた後、政近《まさちか》は教室の窓から校庭の方を見下ろして、他人事のように声を上げた。その視線の先にあるのは、体育館の入り口から外に向かって延びる長蛇の列。そして、その列に加わらんと校庭をダッシュする大勢の生徒。誰か芸能人でも来ているのかと思うほどの混雑ぶりだが、もちろんそんなことはない。今、あそこで行われているのは制服の販売。そう、剣崎統也《けんざきとうや》生徒会長の尽力によってリニューアルされた、新しい夏服の販売だった。

もっとも、新しい夏服が出来たからといって、一斉に総入れ替えというわけではない。新しい夏服は購買で販売し、買うかどうかは各人の自由。少なくとも向こう三年は、新旧どちらの夏服を着てもいいという形になっていた。ただ、混雑が予想される今日に限り、体育館に仮設販売所を作って対応する……と、職員会議で決まったのだが、その判断は間違いではなかったようだ。

これが購買のみでの販売だったら、購買に並ぶ生徒と帰宅しようとする生徒が入り乱れて、廊下がカオスになっていただろう。

「みんな、なんだかんだこの長袖ブレザーにはうんざりしてたのね……」

現在進行形で足早に廊下に飛び出していくクラスメート達に少し複雑そうな顔をしながら、アリサは呟《つぶや》く。

制服の変更に関しては生徒の間にも反対意見があり、実際その意見も汲《く》んで「しばらくは新旧どちらでもよし」というルールになったのだが……蓋を開けてみれば、ほとんどの生徒が新しい制服に乗り換えようとしているように見えた。いざ新学期になってみて、残暑というも生ぬるい暑さに音を上げたのか、思ったより乗り換える人が多くて「あれ？このままじゃ逆に浮く？」と危機感を覚えたのか。

理由は定かではないが、とにかく統也が実現させた制服のリニューアルは、多くの生徒に受け入れられているようだった。

「これ、結局全員新しい制服に乗り換えんじゃね？　実際今日も暑《あ》っちーし」

そう言って手で顔を扇《あお》ぐのは毅《たけし》。それに光瑠《ひかる》も頷きながら、感慨深げに言う。

「でも、明日からはようやくこのブレザーから解放されるんだから有難いよ……登下校時は、校則で着用が義務付けられてたからね」

「喜んでるとこ悪いが、新しいワイシャツは実はちょっと暑いらしいぞ？」

「え、なんで？」

二人揃って「正気か？」と言いたげな表情になる毅と光瑠に、政近は肩を竦めた。

「その代わり、ちょっとやそっとじゃ透けない材質なんだと。天下の征嶺学園《せいれいがくえん》の生徒が、万一にも公共の場でみっともない姿を見せないようにってことらしい」

「なっ、ちょっと待て……それって、つまり……」

愕然《がくぜん》とした表情でそこまで言い、毅はチラリとアリサの方を見てから、アリサには聞こえないよう小声で政近に問い掛ける。

「(女子の下着が透けるイベントは、発生しないということか……？)」

馬鹿みたいに深刻な表情で訊いてくる毅に、政近もまた重々しく頷《うなず》いた。

「(……そういう、ことだ)」

「(バ、カな……)」

よろよろと窓枠に寄り掛かる毅。そして、窓の外に目を向けてフッと切ない笑みを浮かべる。

「なんてこった……この世には、夢も希望もないのか……」

「平和な日本で何言ってやがる」

「今日だって、新学期になったってのに許嫁《いいなずけ》を名乗る美少女転校生は現れなかったし……」

「そんなイベントがリアルに起こるかっ。あと、最近は転校生と言えば、平凡な生活に憧れる元特殊部隊員や元英雄がトレンドだぞ」

「それ主人公じゃん。オレが脇役になるじゃん！」

「……おう」

「なんだよ今の間」

「いやぁ……」

毅の追及に、政近はつっと目を逸らす。光瑠とアリサも、なんだか微妙な表情で沈黙。奇妙な間が数秒間続いたところで、光瑠が空気を変えるように、少し明るめの声で話を戻した。

「でもすごいよね。こういう伝統を打ち破る試みって、来光会《らいこうかい》の賛同を得られないから実現不可能だって思ってたんだけど」

来光会というのは、征嶺学園高等部の歴代生徒会長と副会長によって構成されたサロンの正式名称だ。

この学園は私立の名門校でありながら、実は学費はそこまで高くない。むしろ、施設や各種制度の充実具合に比べればかなり安い。

その理由は、卒業生から学園に多額の寄付金が送られているからだ。

中でも来光会から学園に送られる寄付金の額は桁違いで、当然それに比例して、学園に対する影響力も強い。

もちろん、今回の制服リニューアルに関しても少なくない額の寄付金が使われているので、来光会の賛同が得られないことには実現不可能な施策だった。

「ま、実際に反対意見出してたのは、割と若いメンバーだったみたいだけどな」

政近がそう言って肩を竦めると、毅は心底意外そうに眉を上げる。

「え、そうなのか？　こういうのって、むしろ頭固いじーさん連中が反対するんだろうと思ってたんだけど」

「来光会のじーさん連中は、マジで政財界の重鎮ばっかりだからな～……もう、そんな細かいことは気にしないんじゃないか？」

「……まあ、新倉《にいくら》さんが母校の制服に文句つけてる姿とか、あまり想像できんけどさ」

「だろ？」

「？　新倉さん？」

疑問符を浮かべるアリサに、政近は「あれ、知らなかったのか？」と思いながら補足した。

「新倉首相だよ。ほら、総理大臣の」

「!?　えっ!?」

「九条《くじょう》さん知らなかったんすか？」

心底驚いた様子のアリサに、毅も敬語とタメ語の中間のような口調で尋ねる。一緒にバンドを組んだ仲だが、まだここはどこか他人行儀だった。

「まあ、来光会ってあまり表立って活動してる団体ではないしな。関係者から聞かんと分からんよな」

それでも、征嶺学園の生徒の間では割と有名なことではあるのだが。取り立ててすごい噂になるわけでもないので、交友関係の狭いアリサが知らないのも無理はない……ということにして、政近はやんわりとアリサをフォローした。

ちなみに、ではなぜ噂にならないのかと言えば、「別に珍しいことでもないから」ということに尽きる。何しろ、存命の来光会メンバーの中に、総理大臣経験者は新倉首相を含めて四人もいるのだから。既に鬼籍に入っている人も含めれば、その数倍はいる。普通の学校なら「うちの卒業生には○○元総理がいます！」と喧伝《けんでん》するところだろうが、征嶺学園に関しては「え？　総理大臣？　あぁ〜調べなきゃ分かんないけどたぶんうちの出身じゃない？」というレベルなので、誰もいちいち気にしないのだ。

「ちなみに有名どころで言えば、大沼《おおぬま》財務大臣とか七瀬《ななせ》東京都知事とかもそうだぞ？　あと、谷山《たにやま》のお父さんである谷山重工の社長、ジルクスの社長、永明《えいめい》銀行の頭取にクラリケの会長……って挙げ出したら切りがないな」

指折り数えて、途中で面倒になってやめる。すると、光瑠が何気ない口調で付け足した。

「あとほら、周防《すおう》さんのお祖父《じい》さんもたしかそうだよね。元駐米大使だっけ？」

「……あぁ、そうだな」

声音が低くなるのが自分でも分かって、政近は「しまった」と思う。毅は特に気にしていないようだが、アリサと光瑠は少し怪訝《けげん》そうな目を向けてきているのが分かって、政近は内心自分の迂闊《うかつ》さに舌打ちした。

「おっつ〜」

しかし、そこでちょうど待ち人が現れ、政近は何食わぬ顔でそちらを振り向く。

「おお、お疲、れ……」

　教室に入って来たのは、髪をポニーテールにした乃々亜《ののあ》。しかし、その服装を見て政近たちは一様に固まった。なぜなら、乃々亜が身に着けているのは今まさに体育館で販売されている新しい夏服だったから。先行販売？　そんなことは行われてない。生徒会役員である政近が言うんだから間違いない。

「……お前、なんでもう新しい夏服なの？」

　代表して政近がその疑問をぶつけると、乃々亜が半眼のまま小首を傾げる。

「ん～～……まあ、いろいろ？」

「……いろいろかぁ」

　そう言われてしまうと、政近としてもそれ以上追及できなかった。十中八九説明を面倒がっただけだろうが、詳しく掘り下げてもあまりいいことはない気がする。乃々亜がいろいろと言うのなら、そうなのだろう。

「あぁ～……今日はスマホいじらないんだな、宮前《みやまえ》」

　話を逸らすためにも、近くの席に勝手に座ってぼーっとしてる乃々亜にそう言うと、乃々亜は「あぁ～」と声を漏らしてから肩を竦《すく》める。

「ママにスマホいじり過ぎだって怒られちゃって。ちょっと自重してる」

「あ、そう……」

　乃々亜の口から「親に注意された」という予想外な発言が飛び出して、政近は正直面食らった。意外感を覚えたのは政近だけではなかったようで、毅が少し遠慮がちに口を開く。

「宮前さんって……親の言うこととか素直に聞くんすね」

「え？　普通に聞くけど？　ま、教師の言うことは聞かないけどね〜〜わら」

全然おかしくなさそうな気だるげな表情のまま、乃々亜は本気か冗談か判断に困ることを言う。毅と光瑠も反応に困った様子で、愛想笑いを浮かべた。

（う〜ん、先が思いやられるなぁ）

毅はこう見えて女子には気後れしてしまうタイプだし、光瑠はシンプルに女子が苦手。アリサは、友達作るのが大の苦手。

一方乃々亜はすっごいマイペースだし、沙也加《さやか》は他人の感情にあまり頓着しない。正直、自分で集めといてなんだが、このメンバーが和気藹々《わきあいあい》とバンドやってる未来が想像できなかった。

（だからこそ、俺が上手く間に立たないとな）

そう決意を新たにしていると、沙也加がやって来た。そして、あいさつもそこそこに早速仕切り始める。

「さて。ではまず、バンド名から決めていきましょうか。何か意見のある人」

六人以外に誰もいなくなった教室で、沙也加がさながら教師のように教壇に立ち、五人を見回す。それに少し間を置いてから、光瑠が「はい」と手を挙げた。

「はい、清宮《きよみや》さん」

「えっと……〝カラフル〟ってどうかな？　見ての通り、僕らかなり十人十色って感じだし……シンプルでいいかなぁと思うんだけど」

「なるほど、悪くないですね」

そう言いながら、沙也加が黒板に〝カラフル〟と書く。そして「他には？」と促すと、続いて毅が勢いよく手を挙げた。

「はい、丸山《まるやま》さん」

沙也加の指名に、毅はフッと勿体《もったい》付けるように不敵な笑みを浮かべる。そして、口元に自信を漂わせながらゆっくりと言った。

「〝Sunrise of paddy〟……って、どうすか？」

なんだか当人はやけに自信ありげだが、他の五人はピンと来ない。少し眉根を寄せて、沙也加が眼鏡のブリッジを押し上げた。

「直訳で……『田んぼの日の出』？　どういう意味ですか？」

沙也加のもっともな疑問に、毅はピッと人差し指を立てる。

「こういうチーム名を決める時の基本、まず全員の頭文字を取ってみたんですよ……た、ひ、あ、さ、の、ってね。そして並べ替えたら、『田の朝日』になったんすよ！　つまり、〝Sunrise of paddy〟！　どうすかこれ！」

「だっさ」

ギャルの容赦ない感想が毅に突き刺さる！　毅はたおれてしまった！

「……今のは、候補から外しておきましょうか」

そして、風紀委員も容赦がなかった。沙也加は軽く咳払《せきばら》いすると、毅を切って捨てた乃々亜に目を向ける。

「乃々亜も、何か案はありますか？」

「え～？」

髪を弄びながら視線を巡らせる乃々亜を見て、政近は内心「どうせキラキラしい名前を言うんだろうし、訊《き》かなくてもいい気が」と思った。

（〝マジ〟とか〝バリ〟とか〝アゲ〟とか？　絶対無駄に長いやべぇ名前になるだろ）

そう予想する政近の視線の先で、乃々亜が「あ」と声を上げる。

「じゃあ、〝つくね大明神《だいみようじん》〟で」

「なんぞそれ」

「え～なんかよくない？」

「居酒屋の名前にしか聞こえんが？」

政近が真顔でそうツッコむと、沙也加も難しい顔をしながら乃々亜に問う。

「ちなみに、どうしてその名前になったのですか？」

「え？　ノリ？」

「……」

乃々亜の即答に、沙也加は無言で額に手を当てた。それでも一応、沙也加が〝つくね大

明神〟と黒板に書くと、乃々亜がその背に問い掛ける。

「ちな、さやっちの案は？」

「わたしの案、ですか？　では――」

少し振り向いて眉を上げてから、沙也加は黒板にチョークを走らせる。〝昏――

「うん、ちょっと待て谷山」

「なんですか？」

「うん、いいから待て。そしてちょぉっとこっち来ようか」

一文字目が黒板に書かれた時点で、政近は沙也加を廊下へと誘《いざな》った。しかし、当然沙也加は不可解そうに眉をひそめる。

「……これを書いてからではいけませんか？」

「う～ん、さやっち～？　アタシもくぜっちの言う通りにした方がいいと思うな～？」

「乃々亜……」

幼馴染《おさななじ》みの言葉に、沙也加は渋々チョークを置くと、政近と共に廊下に出た。そして扉を閉めるや否《いな》や、政近は沙也加に壁ドンをした。

「お前、さっきなんて書こうとした？」

「なんてって……ハァ」

そんなことを訊きたいのかと言わんばかりに溜息《ためいき》を吐くと、沙也加は眼鏡を押し上げ、淡々と答える。

「昏《くら》き夜会……そう書こうとしました」

「おっほう、想像に違わぬヤバさだな。危うく俺にまでダメージが入りそうだぜ」

「何を言っているのですか……？」

「そっちこそ何を言っちゃってるのですか？　ちなみに、なんて読むのよそれ」

「ああ、流石に鋭いですね……〝昏き夜会《ナイトメア》〟と読みます」

「おめぇやべーな？　厨二病か？　遅めの厨二病なのか？」

政近の指摘は正しい。実のところ、沙也加のオタク歴はそれほど長くないのだ。

沙也加がオタクになったのは、中学二年生の六月。そう、中等部生徒会長選挙で、有希《ゆき》と政近に敗北した後のことだった。

それまでの沙也加は、親の期待通りの結果を出し、親の期待通りに生きることに何の疑問も持たない子供だった。親の期待通りに模範的な生活をし、親の期待通りの名門校に通う。そんな沙也加にとって、選挙戦での敗北は親の期待に背いた初めての事件だった。

一体どんな叱責を受けるか……戦々恐々としながら帰った沙也加を迎えたのは、両親の優しい労《ねぎら》いだった。それらを受け、沙也加は拍子抜けすると同時に……〝親の期待する自分〟を自らに強いていたのは、他ならぬ自分自身であったのだと気付いた。そうして、「もう少し好きなように生きてもいいのでは？」と考えるようになったのだ。その結果……沙也加は健やかにオタクとなり、それから二年と少し。即ち今！　沙也加は今まさに、厨二病発症時期を迎えていたのだ！

「悪いことは言わない。それを書くのはマジでやめとけ。絶ッ対オタバレするから」

「！　それは、困りますね……」

隠れオタクの沙也加には、これは効いたらしい。少し考えてから教室に戻ると、何事もなかったかのように黒板の〝昏〟の文字を消し、アリサに目を向けた。

「それでは、九条さん。何か案はありますか？」

「え、私……？」

急に自分に回ってきたことに戸惑うアリサ。一方で、毅と光瑠は特に何も言わない。どうやら、薄々何かを察したらしい。

（よくこれで今までオタバレしなかったな……）

政近が、内心で感心とも呆《あき》れともつかない感想を漏らしていると、アリサが少し遠慮気味に言った。

「その、〝Fortitude〟って……どうかしら？」

「フォルティチュード？　フォルティシモの仲間？　そんな音楽記号あったっけ？」

素で大ボケをかます毅に、沙也加が眼鏡の奥に瞳を隠しながら静かに答える。

「忍耐力、といった意味ですね」

「あ、そ、そうなんすか」

「忍耐力っていうのも、たしかにそうなんだけど……どちらかというと、不屈って意味かしら」

「不屈……」

その言葉を口の中で転がす光瑠に、アリサは告げた。

「日本人が謙虚な精神を美徳とするように……ロシアでは、不屈の精神を美徳とする面があるの。どんな苦境にあっても、屈することなく耐え抜く精神を……環境の厳しいロシア特有の価値観かもしれないわね」

「苦境……」

そこで光瑠も、そして毅も、アリサの言わんとすることに気付いたらしい。そして、光瑠はふわりと笑うと、アリサに向かって頷く。

「いいね。僕は気に入ったよ」

「オレも！　響きもなんかカッコイイしな！」

二人が賛同したことで、一気にアリサの案を採用する空気になる。沙也加と乃々亜も互いに目を合わせると、視線で意思疎通をした。

「では、九条さんの案を採用したいと思います。他に何か意見は？」

沙也加の言葉に、全員が沈黙で賛成を示す。その中で、毅がちょっと躊躇《ため ら》いがちに声を上げた。

「えっと、反対意見ってわけじゃないんだけど……ちなみに、その不屈ってロシア語ではどうなるんすか？」

「え？　Несгибаемые」

「ニスギバ……？　あ、うん……フォルティチュードで」

結果、バンド名〝Forutitude〟に決定。

◇

「では続いて、学園祭本番で演奏する曲についてですが……演奏時間は一組十五分。自己紹介も含めれば三曲が妥当でしょう。この前頂いた楽譜はコピーが三曲、オリジナルが一曲になってましたが……どうしますか？」

沙也加の問い掛けに、毅と光瑠が顔を見合わせる。そして、毅が少し口ごもりながら言った。

「あぁ～送っといてなんだけど、あのオリジナル曲は前のバンドで作ったやつだから……オレらがやるのは違うかなぁって」

「そうですか……では、順当にコピー三曲で行きましょうか」

「うん。練習時間とかも考えると、そうなるかなぁ」

そう言いつつも、光瑠の口調からは、少し納得できていない雰囲気がにじみ出ていた。きっと、本心ではオリジナル曲をやりたいのだろう。

「別に、オリジナル曲をやりたいならやってもいいんじゃないか？　まだ一カ月あるんだし」

「一カ月って言っても……大体、僕と毅は作詞ならともかく作曲はあまり……」

政近が助け船を出しても、光瑠は「やろう」とは言わない。毅も何か言いたそうな顔をしながらも、口を噤んでいる。恐らく毅も光瑠も、バンド活動に巻き込んだ側として、言うなればゲスト側の女性陣に遠慮があるのだろう。

しかしそこで、意外な人物が声を上げた。

「オリジナル曲がやりたいなら、やればいいと思うわ。私も、一度協力すると決めた以上。ここにいる全員が納得できるライブにしたいから」

声を上げたアリサに、毅と光瑠が目を見開く。政近もまた、パートナーの予想外の積極性に少し驚いた。それも、

(私が、じゃなく全員が、か……)

自分一人の理想を追求するのではない。全員に共通する目標を掲げ、全員でそこに向かおうとするその言葉に、政近は少し感動してしまった。

「いや、九条さんの気持ちは嬉しいんだけど……さっきも言ったように、曲が……」

「だったら、さやっちのオリジナル曲使えば？」

光瑠の遠慮を無遠慮にぶった切る乃々亜の発言に、今度は乃々亜と沙也加に視線が集まる。

「さやっち、何曲かオリジナル曲作ってたよね？」

「まあ、そうですが……ギター用の楽譜しかありませんよ？」

「え、谷山……お前、ギターも弾けるの？」

「人並みには」

さらりと言ってのける沙也加。それを受け、乃々亜はいつも通りのやる気なさそうな半眼で光瑠を見た。

「ってわけで、曲ならあるよ？　てか、あのコピーの選曲自体も前のバンドのやつっしょ？　ぶっちゃけアリッサの声質に合ってない曲もあったし、そっからやり直した方がよくない？」

「あぁ……まあ」

「それはそう、だね」

「なら、全部最初からやり直しちゃえばいいじゃん。そうすりゃコピーもオリジナルも手間はそんな変わらんっしょ」

女性陣が見せた積極性に、毅と光瑠も互いに目を合わせてから頷く。

「うん、よし……分かった！　やろう！」

「おう！　あ、谷山さん。音源とかあります？　そのオリジナル曲ってのを聴いてみたいんですけど」

「練習用に、スマホで撮った動画なら……ありますけど」

「お、マジっすか！　聴きたい聴きたい！」

一気にやる気を漲《みなぎ》らせた毅と光瑠は、そのテンションのままに沙也加へと近付いた。そ

して、全員で何曲か聴いて──

『なんつーか……なんか全部アニソンっぽいのは気のせいか？』

『というか、タイトルがちょいちょい……』

『皆まで言うな』

男性陣、不自然に固まった表情のまま、アイコンタクトで意思疎通。

「どうですか？　自分でもなかなかの完成度だと自負しているのですが」

一方、妙に自信満々な沙也加。

「やば〜い」

ギャルお得意の曖昧な形容詞に逃げる乃々亜。

「谷山さんの独自の世界観がはっきり出てる、いい曲だと思うわ」

一人、純粋なアリサ。五人のアリサへの好感度がぐんと上がった。

「私は二曲目が特によかったと思うわ」

「なるほど……なかなか渋いですね」

「ああ、オレもそれが一番マ……よかったと思うな！」

「うんうん、割と落ち着いた感じで、よかった！」

「やば〜い」

アリサが選んだ一番癖がない曲に、全員が乗っかって。こうして、無事演奏曲も決まるのだった。

「それじゃあ、オリジナル曲は谷山さんが作った、この〝夢幻〟にしましょうか」

「ああ、それ〝夢幻《ファントム》〟って読むんです」

「ふぁ……？　あ、そうなの」

約一名、尊厳《オタバレ》的に無事じゃなかった気がしなくもないが……本人は気付いていないのでよしとする。

◇

（ヤバ、い……）

翌日、政近は猛烈な危機感と共に廊下を歩いていた。

（早く……早く、しないと……）

その足取りは少し覚束《おぼつか》なく、視界はぼんやりと霞《かすみ》がかっている。それでも、必死に足を前へと運ぶ。

一度でも立ち止まったらおしまいだ。その瞬間、きっと……

（このままだと、マジで立ったまま寝落ちする!!）

……冗談に聞こえるかもしれないが、ガチである。

実は生徒会役員になって以降、パートナーのアリサに恥をかかせぬよう、政近は地味に日々の生活態度を改めていた。少しずつ夜の睡眠時間を長くし、学園で居眠りすることがないよう、睡眠負債の完済に努めていたのだ。

しかし、夏休みに入って遅寝遅起き昼寝付きが常態化した結果、だいぶ改善されてきていた睡眠ペースは再び崩れてしまった。結果として、二学期が始まって早々に、政近は日中から壮絶な眠気に襲われてしまったのだった。

それでも、午前中の授業はなんとか耐え切った……いや、嘘。正直四限目の最後の方は記憶が曖昧だった。けど、アリサに咎《とが》められなかったからよしとする。若干怪しむような目で見られていたような気がしなくもないが……その視線から逃げるように、政近は一路生徒会室を目指していた。

（あそこなら……誰にもバレずに昼寝できるはず）

そうして、なんとか寝落ちすることなく生徒会室に到着。しかし、この時点で政近の脳は三割くらい寝ていた。

（あ、流石にアラームは掛けとかないと……）

扉を開けて中に入ると、ポケットからスマホを取り出しながらソファに向かう。そうして、保存されているアラームの設定時間から適当な時間を選ぶと、上靴をほっぽり出してソファの上に倒れ込んだ。その流れで、アラームを設定したスマホをソファ前のテーブルに置き……政近はそこで完全に力尽きた。

◇

昼食を終えたマリヤは、新しい夏服が入った紙袋を手に、生徒会室へと向かっていた。

昨日、あまりの行列に「まあ、明日買えばいっか」と判断し、今日も旧式の夏服で登校したマリヤだったが……今日は九月にあるまじき猛暑日。加えて、マリヤは一番暑くなる窓際の席。周りには、いかにも涼しげな半袖の生徒達。翻って自分は、ワイシャツにジャンパースカートにブレザーという、「地球温暖化舐めんな」とツッコみたくなるような服装。いかなマリヤでも、午前だけでもう限界だった。

そこで、午前中の休み時間に購買で新しい制服を買い、昼休みを利用して着替えることにしたのだ。しかし、そうなると悩ましいのが着替える場所だ。更衣室をこんな個人的な理由で使うのは気が引けるし、トイレは生徒会役員的にもマリヤの美的感覚的にもNG。となれば、真っ先に候補に挙がるのはやはり、他の生徒の出入りが少なく鍵も掛けられる、生徒会室だった。

「お邪魔しま〜す」

誰もいないだろうと思いながらも、念のため声を掛けて中に入る。すると、目に入ったのは床に転がる上履きと、ソファの端から突き出す足。

「わ、ビックリしたぁ……」

思わず肩を跳ねさせるも、ソファに寝ているその何者かは動かない。

「……」

少し警戒しながら、マリヤは慎重にそちらへと近付く。そして、こっそりとソファの向こうを窺《うかが》い……ふにゃら～っと相好を崩した。

「やぁ～ん、カワイイ～」

警戒心などすっ飛ばし、そそくさと政近の前にしゃがみ込むマリヤ。そして、その無防備な寝顔を覗き込んで両手を頬《ほお》に当てると、「キャー」と無音で黄色い声を上げた。

「ふふふ♡　さーくんおねむさんだ♪」

さながら幼児を見守るお母さんのような顔で、マリヤは幸せそうな笑みを漏らす。

マリヤは生まれつき、母性や愛情というものが人よりかなり強い。常に、大好きな人をお世話して甘やかして可愛《かわい》がりたい欲求を抱えている。今までは、その欲求は主に、妹であるアリサに向けられていたのだが……当のアリサは姉を超えるしっかり者で、姉に甘えるタイプでもなかった。そのため、マリヤはいつも、溢《あふ》れる母性と愛情を持て余している状態だったのだ。

そこに現れた、疲れ切った様子の大好きな人《政近》。その完全にお世話待ちの姿（マリヤ視点）に、マリヤは割と暴走気味になっていた。これがソファでなくベッドや床だったら、確実に添い寝か膝枕コースだった。

「ふゅふふ～ん、かわいい～♡」

政近とアリサの仲を邪魔する気は毛頭ないし、政近にアリサを優先するよう言ったのも本心からだ。だがしかし、それはそれ、これはこれなのだ。目の前に大好きな人がお世話待ち状態でいたら、お世話するのが当然のこと。この場にアリサがいないのが悪いのだ。

（もう、アーリャちゃんったら、久世《くぜ》くんが弱ってる時に支えられないなんて……）

そう考えてから、これは政近がそう望んだからではないかと気付く。アリサに弱っているところを見せたくなかったからこそ、政近はここで休んでいるのではないかと……そう気付いた時、マリヤの中で愛《いと》しさと庇護欲《ひごよく》が膨れ上がった。

（もうっ、久世くんったら男の子なんだから……それじゃあアーリャちゃんの分も、わたしが久世くんを甘やかしちゃう！）

アリサの代わりという大義名分を得たマリヤは、ひとまず政近の頰をつっついた。

「ふふふ～♪　つ～んつん、こちょこちょこちょ～」

政近の頰を指先でくすぐり、眉がピクピクと動くのを見て、やんやんと首を左右に振る。もう、頭からハートマークが飛び散りまくっていた。

（はっ！　このカワイイ寝顔をカメラに収めなくっちゃ！）

そう思い立つと、マリヤはカメラの音で政近を起こさないよう、部屋の隅で動画撮影を開始する。そして、さながら寝起きドッキリを仕掛けるカメラマンのように、スーッと政近の顔をアップにした。

「（いやぁ～ん、もぉ～好き♡）」

小声で悶《もだ》えながら、マリヤは再び政近の頬をつんつん。その、男子高校生にしては滑らかで柔らかな感触を、思う存分楽しむ。

（うぅ～ん、ここからどうしよっかしら～？）

そして、どうお世話するかを考えた。いかんせん、ソファというのがネックだ。添い寝や膝枕が出来ない以上、頭なでなでか子守唄か……

（て、あら？　もう両方やってるわ？）

自分でも無意識のうちに、小さく子守唄を口ずさみながら優しく政近の頭を撫《な》でていることに気付き、マリヤは目をぱちくりさせる。しかし、政近が心なしか穏やかな寝顔になったのを見て、ぽへっと笑顔になった。基本的にマリヤは切り替えが早いし、細かいことは気にしないのだ。政近の寝顔が穏やかになったのは、誰かさんのほっぺたつんつんがなくなったからのような気もするが、細かいことは気にしないのだ！

「（よ～し、よ～し、ゆっくりおやすみ～？）」

子守唄が一段落したところで、マリヤは優しく囁く。そして、ふと笑みの種類を変えると、落ち着いた声で政近に語りかけた。

「久世くんは……わたしのこと、お人好しで自己犠牲的だって思ってる？」

当然答えは返らない。しかし、マリヤは気にした様子もなく「そんなことないんだけどなぁ」と小さく笑った。

「だって、わたしは……」

そこで一旦口を閉じ、マリヤは密やかに囁く。

【Я думаю, у вас с Алей-тян не ладится.】

そして、少しだけ哀しそうな、慈しむような目をして、マリヤは政近の頭を撫でた。

【Вот увидишь, ты терпеть не сможешь быть рядом с Алей-тян.】

本当に小さな声でそう告げると、マリヤは少し唇を尖らせ、政近の耳をくすぐる。

「だから……わたしは、全然優しくないのよ？　もう、分かってる？」

一転して子供っぽくそう言ってから、マリヤは再び優しい表情で政近の頭を撫でる。そして、ふと思い立ったように政近の前髪を掻き上げると、へにゃっと相好を崩した。

「やだぁ～おでこもカワイイ～♡」

……マリヤは切り替えが早く、少し感性が独特だった。再びゆるゆるになった顔で、じっと政近の額を眺める。そうしていると、マリヤはなんだかすっごくキスがしたくなってきた。

（このカワイイおでこに、キスしてあげたい……あ、ほっぺたでもいいかも？）

と、そこで不意にアリサの顔が脳裏に浮かぶ。

（あ、違うのよ？　アーリャちゃん。これはそういうのじゃなくって、子供におやすみのキスをする感覚っていうか親愛のキスであって恋愛のキスではないっていうか……）

頭の中で思わず妹に言い訳をするが、政近の寝顔を見ている内にそんな言い訳も形を失っていく。そうして、マリヤは小さく息を呑むと、スマホを床に置いてゆっくりと政近の寝顔に顔を近付けた。

「(アーリャちゃんが、ここにいないのが悪いんだから……)」

そして、互いの息を感じられるほどに、二人の顔が近付いた瞬間。

コンコンコン
「!?」

生徒会室に、ノックの音が響いた。

◇

「……？　何やってるの？」

紙袋を手に生徒会室を訪れたアリサは、形だけのノックをして扉を開ける。そうして、なんだかすごい勢いで立ち上がったように見えるマリヤの姿に、小首を傾げた。

「あ、アーリャちゃん？　ううん、なんだか久世くんが寝てたから、ちょっと見てただけ」

「……？」

扉を開けた体勢のまま、なんだかいつになく慌てた様子の姉に眉をひそめる。そして、ソファの方を見れば、そこにはたしかに政近のものらしき足が突き出ていた。

「アーリャちゃんも、もしかして着替え？」

「？　そうだけど……」

明らかに落ち着きのない姉に、アリサは眉根を寄せてマリヤの顔をじっと見る。すると、マリヤはその視線から逃れるように顔を背け、目を泳がせながら半笑いを浮かべた。

「じゃあ、早く着替えないといけないわね？　わたしも、着替えるつもりで……」

「いや、政近君がいるなら無理でしょ」

明らかに何かを誤魔化《ごまか》すつもりでとんでもないことを言ってしまっている姉に、アリサは「騙《だま》されないわよ」と言わんばかりにジト目でツッコミを入れる。だが、それに対するマリヤの反応は想像の斜め上だった。

「え？　なんで？」

「は？」

誤魔化しているわけでも、後に引けなくなったわけでもない、純粋な疑問。少なくとも、アリサの目にはそう見えた。

「久世くんぐっすりだし、鍵を掛けてパパッと着替えちゃえばいいじゃない」

「いやいやいやいや！」

「アーリャちゃん、しー」

「あ——」

思わず大声を出してしまい、アリサは慌てて自分の口を塞ぐ。そうして政近の方を窺うが、政近は特に身動《みじろ》ぎすることもなく眠り続けていた。

「……ね？　この調子だから、まだまだ起きないと思うわ」

「いや、でも――」

「それじゃあ、他に着替えられそうな場所があるの？」

マリヤの問い掛けに、アリサは言葉に窮する。元より、マリヤもアリサもいろいろ考えた上で生徒会室を選んでいるのだ。他に有力な候補など、そうそう出て来ない。

「だいじょ～ぶ大丈夫。ササッと着替えてこっそり出て行けばそれで終わりだから」

そうこうしてる間に、マリヤは内側から扉の鍵を掛け、念のため窓のカーテンも閉めると、紙袋をテーブルの上に置いて本当に着替え始めてしまった。

「ちょ、ちょっと――」

「アーリャちゃんも、早くしないとお昼休み終わっちゃうわよ～？」

マリヤの言葉に時計を確認し、昼休みがあと十分と少ししかないことに気付いて顔をしかめる。たしかに今から別の場所に移動して着替えたのでは、教室に戻るのはギリギリになってしまうだろう。

（でも……）

もし着替えている最中に、政近が目覚めたら。そう考えただけで、アリサの全身が火を噴くように熱くなる。

（やっぱり、着替えるのは諦めよう……）

そう決めたアリサだったが、そこでふと思った。

ここで着替えた後で、政近を起こす。そして、服装が変わっていることに気付いた政近に、「今、ここで着替えてたのよ」と言うのだ。その時、政近は一体どんな顔をするのか……想像すると、アリサの胸にむくむくと悪戯心が湧き上がってきた。

普段から冗談めかした態度で飄々としている政近が、自分の言動でドギマギする姿を見るのは、アリサにとってとてもとても愉しいことだった。時々ハッとするほど頼もしい姿を見せる政近が、子供のようにおろおろと赤面する姿を見ると、可哀《かわい》くてついつい悪戯をしたくなってしまう。自分の〝女〟をフルに使ってでも、とことんからかいたくなってしまう。

(私が『今ここで着替えた』って言ったら……政近君はどんな反応をするのかしら？　ぎょっとする？　それとも『へ、へぇ～』って、精一杯平気そうな顔をするのかしら？)

もし平気な振りをしたら、脱いだ制服を見せてやろう。その制服を触らせ、「ほら、まだ温かいでしょ？」なんて言ってやるのもいいかもしれない。想像するだけで羞恥で体が熱くなるが、それ以上に笑みが止まらない。自分に翻弄される政近の姿を想像すると、背筋をゾクゾクとしたものが走る。

(あぁ、あの時も可愛かった……)

数日前、ファミレスでアリサに手をくすぐられた政近の、あのいじらしい姿。あの時は場所が場所だったので程々なところで切り上げたが、今日はもっと攻めて――

「あ、アーリャちゃん……？」

「っ！」

と、そこでブレザーを脱いだマリヤにちょっと不気味そうな目で見られ、アリサはハッと表情を引き締めた。そして、逆ギレ気味にマリヤをじろっと睨むと、それ以上何かを言われる前にさっさと着替え始める。

音を立てないよう慎重に、それでいて素早く制服を脱ぐ。そしてリボンを外し、ワイシャツも脱ぎ、新しい制服を手に取った。瞬間。

『Let's go!　フライハイィィィヤァ！』

突如聞こえた激しいシャウトボイスに、アリサは肩をビクッと跳ねさせ、手に持っていた制服を取り落とした。

◇

「！」

聞き慣れた目覚まし用のアニソンに、政近は一瞬で跳ね起きると、脊髄反射的に音の発生源に手を伸ばす。

「あ、っと、ぅ」

そして、勢い余ってソファからずり落ちてしまい、小さく呻《うめ》き声《ごえ》を上げた。と、

「あ、や、ダメェ！」

不意に聞こえた悲鳴に、政近はパッとそちらを振り向く。そして、桃源郷を目にした。

そこにいたのは、ソックスと下着だけを身に着けた美人姉妹。アリサの大きく実った、丸みと張りを感じさせる胸とお尻。それらに比べていっそ頼りないほどに、細くくびれた腰。一方で、その童顔とは不釣り合いに凶悪な、女性らしさに満ち満ちたマリヤの体。およそ十五歳とは思えない完成されたスタイルを誇るアリサに、およそ十六歳とは思えない豊満なボディーラインを誇るマリヤ。その二人の体が、ほとんど隠されることなく視界に飛び込んできた。その身を申し訳ばかりに隠す下着も、もはやその美し過ぎる裸身を彩る装飾品にしか見えない。

「……⁇」

未《いま》だ半覚醒状態の政近は、その光景が夢か現実か区別がつかず、ぽかんと口を開けたまじっと見つめてしまう。それはさながら、起動直後に大量のデータをぶち込まれてフリーズしたコンピューターのように。

「ちょ、こっち見ないでって！」

「あ、あの、そんなに見られるのは流石にちょっと……」

だが、頰を紅潮させた二人のその言葉に、ようやく政近の脳は動きを再開し始めた。しかし、やはり処理は追い付かず、政近は自分でもよく分からないまま、半笑いを浮かべてサムズアップをする。

「大丈夫！　水着と大して変わらんから！」

そうして出力されたフォローになってないフォローに、眦《まなじり》を吊《つ》り上げたアリサが椅子に掛けられたワイシャツを引《ひ》っ掴《つか》み、思いっ切り投げつけてきた。避ける間もなく、政近の顔に軽い衝撃が走り、視界が塞がれる。

顔を覆うワイシャツからじんわり伝わる、アリサの体温。鼻腔《びこう》を刺激する、女の子の汗と肌の匂い。色んなことが重なってちょっとバグった政近の脳は、ここでド正直な感想を出力してしまう。

「あ、いい匂い」

直後、ワイシャツの向こうから謎の衝撃が顔面を襲い、政近の意識は強制シャットダウンされた。

第7話 すみませんこれは有罪です

「よし、それじゃあ始めるか！」

放課後、集まった面々を順繰りに眺め、学祭実行委員長が第一回会合の開催を告げる。

メンバーは生徒会役員、前任の会長と副会長、各クラスの代表二名、各部活の部長。それに風紀委員会、美化委員会、保健委員会から、それぞれの委員長だ。風紀委員会は学祭当日や準備期間中の見回りに、美化委員会は学園全体の装飾に、保健委員会は当日の怪我《けが》人《にん》や急患対応に。それぞれ協力するため、委員長が会合に参加している。というか、各クラスはそれぞれの出し物があるので、当日に学祭実行委員会として動く中心メンバーは、この三つの委員会と生徒会だったりする。各クラスの実行委員は、一人がクラスの出し物を管理して一人が実行委員会を手伝うという感じだ。もちろん当日は全ての委員に休憩時間があるので、これだけいてもそこまで人員の余裕はない。

「今年も学祭は二日開催。一日目は身内のみでの開催、二日目は一般開放して外部客も呼び込む。例年、二日目になった途端羽目を外す輩《やから》が出て来るから、みんな気を付けてくれ」

流石は前生徒会長といったところか、実行委員長の進行は実にスムーズで、集まった面々も信頼し切った様子でその話に耳を傾けていた。

「二日目になって景品が豪華になるくらいならともかく、過去には二日目に急に女子の露出度が二割増しになった喫茶企画とかもあったらしいからな……その辺りはきっちり取り締まってくれ」

「委員長！　男の露出度が上がるのはありですか⁉」

「う～ん、見苦しくなければあり」

「ありなんですか！」

「おう、統也《とうや》くらいキレてればな」

「俺ですか⁉」

「うむ。ほら見ろ……いい、筋肉だろう？」

前会長から現会長への後輩イジリに、ドッと笑いが上がる。政近《まさちか》たち生徒会役員も、統也が後輩してるという珍しい光景に、自然と笑みを漏らした。……ただ一名を除いて。

「待ってください！　あたしが育てた統也の筋肉を、見世物にするのは承諾できません！」

「お、おう、落ち着け更科《さらしな》」

「どうしてもやると言うなら……あたしを倒してからにしてください！」

「むりむりむり」

「愛されてるね～統也」

「からかわないでください、副会ちょ……副委員長」

そんな感じで、会合は終始和やかに進行した。やったのは実行委員の軽い自己紹介と、各種連絡、委員としての役割決め。この役割に関しても、生徒会役員はその役職によって自動的に決まるので、政近たちにとっては連絡事項と何も変わらない。

「今年も例年と同じで、入場券は保護者用と招待用を二枚ずつ配るつもりだ。何か意見は？」

「別に今に始まったことじゃないですけど、この時代に紙の入場券ですか……電子チケットとかにはしないんですか？」

「そんなもの用意する余裕はない！」

「ははっ、まあそうですよね……でも、こんなのやろうと思えば簡単にコピー出来そうですけど……」

「わざわざそんなことしてまで、友達たくさん招待したがる生徒はいないだろう。招待券が足りない奴は、余ってる奴から譲ってもらったりしてるみたいだしな」

「それもそうですね」

実行委員長の話を聞くでもなく聞いていると、隣のマリヤから入場券の見本が回ってきた。

「（はい久世《くぜ》くん）」

「（あ、ども）」

小声で礼を言いながらマリヤの顔を窺うが、その表情はいつも通りで、特に昼休みの一件については何も気にしていないように見える。そして……夏休みの一件も。

（マジで変わりないんだよなぁ）

夏休みの公園での再会以降、マリヤは宣言通りにそれまでと同じ態度を貫いていた。それは政近にとっても望むところなのだが……ここまで何も変わらないと、あの告白が現実だったのか少し不安になってくる。

「（？　どうしたの？）」

「（あ、いえ……）」

「（あっ、もしかして……）」

パッと何かを思い付いた顔をして、マリヤは口の横に手を当てると、政近の耳元に顔を寄せた。

「（お昼休みのこと、思い出しちゃった？）」

「!?」

「（もぉ、えっちなんだから）」

耳元にクスクスと恥じらいを含んだ笑い声を吹きかけられ、政近の背筋がゾクゾクと震える。

（あれ？　マーシャさんが小悪魔？　小悪魔ーシャさんなのか!?）

頭の中でミニ天使マーシャさんがミニ悪魔マーシャさんになり、政近は混乱した。

「（これからは、疲れた時にはわたしを頼ってね？　わたしがお世話してあげるから）」

（あれ？　やっぱり天使？　いや、これは人間を堕落に誘う悪魔？　ハッ！　これが天使の皮をかぶった悪魔というやつか⁉）

マリヤの耳元ウィスパーに脳を甘く麻痺《まひ》させながら、政近はアホな思考を巡らせる。と、そこで反対隣から脇腹をつつかれ、政近は我に返った。

見れば、アリサが横目でじっとこちらを睨《にら》んでいる。それに少し笑みをこぼしながら、マリヤがスッと政近から体を離した。

（あ～なんか久しぶりのつららが刺さる感覚）

真横から冷たい視線をドゥスドゥスと突き刺され、政近は少～し遠い目になる。

アリサの視線が冷たいのは、マリヤとの距離が近かったせいか、それとも昼休みのことを引きずっているのか。恐らく、両方だろう。

ちなみにあの後、政近は五限目の終わり頃に保健室で目を覚ました。ベッドで寝こけていたのがアリサの謎の一撃によるものか、単純に寝不足によるものかは判断が難しいところだ。

（入場券、ね～……俺なんか余るどころか、一切使わないからなぁ。保護者用も使う予定ないし、招待券は……今年も毅《たけし》辺りに譲るかな）

アリサの方を見ないように、現実逃避気味にそんなことを考えながら、見本をアリサに回す。そこで、ふと政近の脳に天啓が走った。

（待てよ？　これを使えば……あいつを呼び出せるんじゃないか？）

ここ数日頭を悩ませている問題に解決の糸口が見え、政近は自分の思考に没頭する。

「？」

突然難しい顔で何か考え込み始めたパートナーに、アリサは小首を傾げた。しかし、政近は心ここにあらずといった様子で気付く素振りもない。そうこうしている間に、会合は終盤に差し掛かっていた。

「ああそうだ。例年通り、二日目の午後には来光会のお偉方が来るから……統也と更科は、対応を頑張れよ」

「はい」

「あ、はい」

「それじゃあこれくらいか？　最後に何かある人……いないか？　それじゃ～次回会合までに企画書の提出と、学祭のテーマを考えてくること！　以上解散！　お疲れ様でした！」

その宣言に各々あいさつを返し、第一回会合は終了した。

(思ったより、和気藹々《わきあいあい》とした感じだったわね)

正直、もう少し緊張感のある会合を予想していたアリサは、ぞろぞろと出て行く各クラスの代表や各部の部長の背を眺めながら、肩の力を抜く。

「やあ久世くん、周防さん。お久しぶりですね」

「あ、か……加地《かじ》先輩。お久しぶり……ですかね？」

「ふふっ、時々顔は合わせておりましたが、こうしてお話しするのは久しぶりかもしれませんね」

すぐ横では政近と有希《ゆき》が、物腰柔らかな眼鏡の男子生徒と何やら親しげに話をしている。元中等部生徒会長と副会長だけあり、こういった場では知り合いが多いらしい。

「あ、ご紹介しますね。わたくしの新しいパートナーの君嶋《きみしま》です」

「ああ、じゃあ俺も……新しいパートナーの九条《くじょう》です」

「よろしくお願いいたします」

「よろしくお願いします……」

「風紀委員長の加地です。こちらこそ、よろしくお願いします。……知ってはいましたが、こうして実際に紹介されると少し変な感じがしますね。ああいえ、悪い意味ではないのですが」

「ははは、まあそうですよね～」

風紀委員長の視線がアリサに向いたのは一瞬。すぐに、興味は政近と有希に戻り、再び三人で会話を始める。そこに割り込むほどのコミュ力を持たないアリサは、黙ってその光景を見守っているしかなかった。

会合が始まる前から、ずっとこんな感じだ。知らない人達と気安く話をする政近を、アリサはただ見ていることしか出来ない。そうしていると、アリサの中でじりじりと暗い熱を孕《はら》んだ感情が渦巻き始める。

（あ、やだな……これ）

胸の中で渦巻くモヤモヤとした思いに、アリサは少し顔をしかめる。この馴染《なじ》みのない感情が何なのか、アリサも薄々気付いていた。

これは、独占欲だ。そんな風に他の人と仲良くしないで欲しい。私のことを誰よりも気に掛けていて欲しい。私はあなたを最優先してるのだから、あなたにも私を最優先して欲しい。

そんな、独りよがりで身勝手な感情だ。自分でも筋違いな感情だと分かっている。事実として、政近とアリサはただの友人でしかないのだから。アリサが重いだけで、友人に向ける感情としては、きっと政近の方が普通なのだろう……

（でも！　もう少しくらい私を特別扱いしてくれてもいいんじゃないの!?　で、デートだってしてたし、き、き、キスまで、してあげたんだから!!　おまけに、さっきは私の下着姿まで見たくせに!!　あんなのもう結婚よ結婚!!）

そうは思っても、こうしていると嫌でも現実を突きつけられる。政近にとって、自分は数いる友人の中の一人でしかないのだと。選挙戦のパートナーであるとはいっても、政近にとってのそれは、アリサにとってのそれほど特別なものではないのだと。そして……多くの人にとって、政近と有希の関係はやはり特別なのだと。

「っ！」

そこに思い至り、アリサは下唇を噛《か》む。これまで政近と有希に話し掛けた人は、誰もが二人がペアになっていないことを怪訝《けげん》に思っていた。それだけこの二人は特別で、理想のペアだと認識しているのだろう。かつて沙也加《さやか》が、涙ながらにそう叫んだように。

(私は……)

今まで多くの人が、アリサと政近がペアを組んだと聞いて、「なんで久世?」「九条さんと釣り合ってないだろ」と言ってきた。だが、アリサは本当は分かっている。そして、ここにいる人も分かっているのだろう。

本当は、政近がアリサに釣り合っていないのではない。アリサが、政近に釣り合っていないのだ。

(私、は……)

アリサの全身を、無力感と焦燥感が包む。同時に強烈な負けん気が頭をもたげた。

(決めた)

このままではいけない。このまま、政近に担ぎ上げられた神輿《みこし》でいるなど、プライドが許さない。

(認めさせてやる……!)

この場にいる全員に、自分こそが政近に相応《ふさわ》しいパートナーであると。

そうして密《ひそ》かに、アリサは新たにひとつの誓いを立てたのだった。

◇

「あら」

二日後、職員室で用事を済ませ、生徒会室に戻って来たアリサは、生徒会室の前で一人の女生徒と鉢合わせた。

「九条アリサさん、ですわね。お話しするのは初めてかしら」

蜂蜜色の縦ロールを揺らしながら話し掛けてきた先輩に、アリサは一昨日の会合を思い出す。

「はじめまして……たしか、女子剣道部部長の……」

「あらわたくしとしたことが。名乗り忘れていましたわね……はじめまして、わたくし桐《き》生院菫《りゅういんすみれ》と申しますの」

「！」

その名前には、聞き覚えがあった。数カ月前、政近の口から聞いた……

「中等部時代の、副会長候補の一人……？」

「あら、久世さんからお聞きになったのかしら？」

「はい」

「なら話が早いですわね。ええ、わたくしはたしかに、かつて周防さんや久世さんと選挙戦で争った仲ですわ」

縦ロールをぶわさっとしながら、堂々と胸を張る菫。その姿にちょっとばかり気圧《けお》されながら、アリサは政近の言葉を思い出していた。

桐生院ペア。菫と雄翔《ゆうしょう》、一歳差の従姉弟《いとこ》同士という異色のペアだ。雄翔が桐生院グループ会長の息子で、菫が副会長の娘であることが影響しているのか、会長候補は雄翔の方だった。そして、菫は一学年上ながら、そのパートナーとして選挙戦に参加していたのだ。

そしてこの二人は、かつて学内の女性人気一位を誇った候補だった。が、しかし、

「正確には、谷山さんとの討論会に敗れて選挙戦を下りたと聞きましたが」

「ええまあ、そうですわね。ですが、だからこそ、あの谷山さんを討論会で下した貴女《あなた》には、わたくし非常に興味がありますの」

うっすらとした笑みを浮かべ、見定めるようにアリサを見つめる菫。アリサもまた、堂々とその目を見返す。

そのまま数秒が経過し、菫はおもむろに小さく笑うと、スッと視線を逸《そ》らした。

「ですがまあ、お互いに忙しい身ですし。今日のところは、仕事をしましょうか」

そう言ってぴらっとその手に持った企画書を示すと、菫は生徒会室の扉をノックし、中に入る。

「失礼しますわ」

すると、たまたま一人だけ残っていた政近が顔を上げ、「あれ」という顔をした。

「バイオレット先輩じゃないですか」

「すみれですわ！」

間髪容《い》れずの鋭い否定。先程の悠然とした態度とは打って変わった対応に、アリサはし

ぱしぱと瞬《まばた》きをする。

「まったく、貴方という人は……わたくしに会った第一声がそれですの……？」

そして、憤然と息を吐きながらぶつぶつと文句を言う菫の横を通り抜け、政近に耳打ちをした。

「（あの、バイオレットって……？）」

「ん？　ああ、あの人、本名はバイオレットって言うんだよ。菫って書いてバイオレットな」

「……それは、なかなか」

凄《すさ》まじい名前だ。アリサと同じで両親のどちらかが外国人の帰国子女とは聞いているが、それにしてもなかなかだ。それはアリサもそう思う。だが……

「（相手が嫌がっている名前をいじるのは、よくないと思うわ）」

「あぁ～……それ、なあ」

アリサの囁きに政近は微妙な顔をして、菫の方を視線で示した。それに従って、アリサも菫の方を見ると……

「そんな、馴《な》れ馴れしく……まるで親友、みたいじゃないですの……」

そこには文句を言いながらも、なんだかテレテレしてらっしゃる菫先輩の姿。予想外の反応に、アリサは小さく口を開ける。

「本人、実は気に入っちゃってるんだよね、その名前」

「な、るほど」

「おう、だからアーリャも気にせず呼んで差し上げろ？　喜ぶから」

「喜びませんわ！」

ズバッと否定すると、菫はキリッとした顔で縦ロールを払った。

「よろしいこと？　その名を呼んでいいのは、わたくしが真に心を許した相手だけ。そう易々《やすやす》と呼んでいい名前ではないのですわ！」

「そうですか、失礼しましたバイオ先輩」

「進化前みたいな呼び方をするのではありませんわ！」

「バイオって進化するとバイオレットになるのか……」

ちょっと独特な抗議をしながらギンッと政近を睨む菫だが、今ひとつ迫力が足りてない。

「まったく、貴方のそういうところは相変わらずですわね……」

全く動じた様子のない政近に諦めの息を吐き、菫は政近の前に企画書を置いた。

「女子剣道部の企画ですわ」

「これはどうも……って、これは……」

言葉に窮した様子の政近に、アリサも企画書に目を落とす。

「劇……？　へぇ」

剣道部には珍しい企画に、アリサは眉を上げた。しかし、詳しい内容を読んで、政近と同じく言葉に窮する。

劇自体は、いわゆる剣劇と呼ばれるものだ。男装をした女子剣道部員が、舞台上で派手に切り結ぶらしい。そこはまあいい。安全面とかいろいろ配慮すべき点はあるが、まあいい。問題は……

「我が女子剣道部には、風紀委員も多いですから。ピッタリの企画でしょう？」

「まあ……たしかに」

自信満々に胸を張る菫。そこに書いてあったのは、企画の宣伝も兼ねて、風紀委員としての見回りを舞台衣装を着たままやるという内容だった。

「……すごい光景になりそうね」

「うん……ま、当日はコスプレしてる人も結構いるだろうし、今更っちゃ今更だけど……とりあえずこれは預かっておきます。企画の可否は今度の会合で」

「ええ、お願いしますわね。それでは、失礼いたしますわ」

扉の前で優雅に一礼し、チラリとアリサに視線を送ると、菫は生徒会室を出て行く。その姿を見送り、政近は小さく息を吐いた。

「やれやれ……立て続けになかなか癖の強い企画が」

「立て続け？　何かあったの？」

「ああ、これはお前にも訊《き》かないといけない企画なんだけど……」

そう言って政近が差し出してきた企画書を読んで、アリサは眉根を寄せる。

「……？　クイズ対決？」

それはクイズ研究部の企画書で、その内容はなんと、グラウンドのステージを利用したアリサと有希のクイズ対決というものだったのだ。

「クイズ研の部長曰《いわ》く、古き良きクイズ番組に選挙戦の要素も加えた画期的な企画……だそうだ。詳しい内容は俺も知らないんだけどな」

「なんで？　こんな漠然とした企画書じゃ通らないでしょ」

「いや、それが……詳しい内容を話したらネタバレになるとかで。事前の対策とかを封じるために、詳しい内容は会長と実行委員長、副委員長にだけ知らせるってさ」

「……それで、会長はなんて？」

「とりあえず企画上の問題はないし、個人的にはなかなか面白そう、らしい」

そう言って肩を竦めてから、政近はアリサを見上げる。

「だが、なんにせよ企画の当事者が頷かなければそれで終わりだ。アーリャ、お前はどうしたい？」

「私は何も問題ないわ」

アリサの即答に、政近は驚いたように目を見開いた。

「……いいのか？　個人的には、こんなイレギュラー過ぎる形で二人の格付けをするのは少し不本意なんだが……」

「あら、私が負けると思ってるの？」

「いや、そういうわけじゃないけど……」

少し言葉を濁し、政近は目を伏せて考えをまとめてから、ゆっくりと話す。

「……今までも、選挙戦でこういうのはあったんだよ。特定の候補に肩入れした個人または団体が、対立候補を陥れようという意図で、なんらかの勝負の場を用意するってのは」

例えば、サッカー部が体育の授業中にラフプレーしかけまくって、クラスメートの前で醜態晒《さら》させるとか。華道部が華道体験と称して初心者に花を生けさせ、それを目立つところに飾って赤っ恥を掻かせるとか。

「えっげつない……」

「いや、これはとりわけ露骨で悪質なやつだけどな？　でも……今回の企画も、そういう類のやつではない保証はないだろ？」

そう言って、政近はクイズ研の企画書をピラピラと振る。

「もしかしたらクイズ研は有希を推していて、事前に問題の答えを有希に流しているかもしれない」

「まさか……」

「ありえない話じゃないさ。あるいは、他の候補が有希とアーリャをまとめて蹴落とすために仕組んだ企画で、いざ始まってみたら激ムズ問題ばかりですっげぇ泥仕合になるとか」

「……」

政近の勘繰りに、アリサはしばし考え……その可能性も考慮した上で、呑《の》み込んだ。

「でも、詳しい内容を確認した会長は問題なしと判断したんでしょ？」

「まあ、そうなんだけど……」

「ならいいわ。仮に何か裏の意図があったとしても、それを含めて打ち破ればいい話だもの」

　アリサのいつにも増して強気な態度に、政近はしぱしぱと瞬きをする。政近にとっては奇妙かもしれないが、アリサにとってこの企画はまたとない機会だった。

　形はどうあれ、願ってもない有希との直接対決の場。それも、多くの生徒が目にするであろう学園祭という舞台での対決だ。

（ここで政近君の力を借りずに勝利できれば……きっと、みんなが私を認める）

　そうでなくとも、確実に自信になるはずだ。それさえあれば大丈夫。それさえあれば
――

（私は、堂々と胸を張って、政近君の隣に立てるようになる）

　誓いを胸に闘志を滾《たぎ》らせるアリサ。その姿に少し眉を下げて、政近は企画書に目を落とすのだった。

◇

「で、何を企《たくら》んでる？」

「いきなりご挨拶だねぇおぬぃちゃん」

帰宅後、当然のようにリビングでくつろいでいた妹にそう問い掛けると、有希は苦笑してからじぃっと政近を見た。

「むしろあたしとしては、おにぃちゃんの方が何か企んでるんじゃないかと思ってるんだけど～？」

「……」

じっと無言で見つめ合うが、いくらお互いに対する理解度が極まっているこの兄妹でも、本気でポーカーフェイスをされてはその真意を見抜くことは難しい。やがて、有希はふっと息を吐くと、鞄《かばん》をごそごそと漁《あさ》って何かを取り出した。

「分かった分かった。あたしもタダとは言わないよ」

そう言って、有希がテーブルの上にパチンと置いたのはUSBメモリ。

「……これは？」

「これか？　フッ、あたしはこれをXファイルと呼んでいる……」

「なんだか知らんが今すぐ破棄しろそんなもん」

「破棄……？　いいのか？　ここに入ってるのは他でもない、アーリャさんに関する重要なデータなのだが？」

片目を見開き口を三日月形に裂いた、実に悪役っぽい笑みを浮かべる有希。それに対して、政近は冷静に答える。

「どうせ水着の画像だろうが」

「なんで分かったし」

「案の定かよ!!　どうせあれだろ!?　『写真は本人にしか渡さないと言ったが、画像データを渡さないとは言っていない』とか言い出すんだろうが!!」

「くっ、なんて洞察力だ……負けたよ。このＵＳＢはお前のものだ」

「いらんいらん」

「なに？　これだけじゃ足りないって？　フッ、欲しがり屋さんめ……仕方ない、マーシャさんの分も上乗せしようじゃないか」

「勝手に上乗せすんな。主人公の『えぇ!?』に対して『やはり安過ぎますか……』って返す商人かお前は」

「ツッコミが長い。いや、分かるけどさ」

そう返してから、有希は再び悪役っぽい笑みを浮かべる。

「で、どうする？　正直に話すなら、この二つのＵＳＢはお前に譲ろうじゃないか」

「真面目な話、そんなもんＵＳＢに入れて持ち歩くな」

「安心しろ、万が一の場合を考えてパスワードでロックしてある。ヒントはあたしの誕生日」

「ヒントとは」

「ほれほれ、少し素直になるだけだって。少ぉし素直になるだけで、あの二人のピッチピチの、プリンプリンの、ボインボインの水着写真が手に入るんだぜ？」

「じゃあムッチムチでユッサユッサでバルンバルン」

「擬音が古いなぁ」

「生々しい！」

「バッキバキ？」

「なってねぇわ！」

真顔で兄の下半身をまじまじと見る有希に、政近は即座に叫び返す。そうして溜息《ためいき》ひとつ吐いてから、二つのUSBを有希に向かって滑らせた。

「つーかよ。アーリャはともかく、彼氏持ちのマーシャさんの水着画像まで取引材料にすんなや」

「……彼氏持ち、ねぇ」

政近の言葉に、有希は意味深な声を漏らす。

「……なんだよ」

「いや……マーシャさんってさ。本当に彼氏いるのかな？」

一瞬心臓が跳ねるも、なんとなくそう言われると予想できていた政近は、素知らぬ顔で片眉を上げげた。

「？　なんで」

「いやぁ、あたし交友関係広いから？　マーシャさんの友達っていう人ともそれなりに話したことあるんだけど……誰も、マーシャさんの彼氏の顔を知らないんだよね〜会ったことはもちろん、写真を見たこともないんだって」

「ふ〜ん」

「なんかロシア人っぽいっていうのも、名前がそれっぽかったってだけの理由らしいし？　な〜んかはっきりしないっていうか……だから、実在する彼氏なのかなって」

「なるほど？　まあ、男除けのために彼氏いるって言ってる可能性はあるわな。けどま、どっちにしろ俺らには関係ないし……っていうか、仮にマーシャさんが彼氏持ちじゃなくたって、普通に水着画像渡すのはダメだろ。いや、それはアーリャもだけど！」

「チッ、誤魔化されなかったか」

　渋々といった様子でUSBをポケットにしまう有希に、政近はこれ見よがしに溜息を吐いてみせる。

「……まあ、もういいや。仮にお前が何か企んでたとしても、それを見破った上で逆利用すればいいだけのことだ」

「それはこっちのセリフなんだけどねぇ……じゃあとりあえず、お兄ちゃんはこの企画に関して何も仕掛けてないってことでいいのかな？」

「ああ。信用するかしないかはお前次第だけどな」

「ふ〜ん……ま、ひとつ言っておくと、今回に関してはあたしも小細工を弄する気はないよ？　学力試験ならともかく、クイズならアーリャさんに負ける気はしないし。普通に戦って、普通に勝つよ」

「それが本音であることを祈るよ……アーリャも、当然のように正面からお前に勝つつもりらしいからな」

いつにも増して気合が入っていた様子のパートナーを思い返し、政近は軽く肩を竦めた。

「？　どうしたいマイブラザーよ」

「いや……」

少し言葉を濁してから、政近は誤魔化《ごまか》すほどじゃないかと思い直し、軽い悩みを打ち明ける。

「な〜んか知らんが、アーリャが最近何か焦ってるような……もう少し、肩肘張らずにやればいいと思うんだけどなぁ」

たしかに、リーダーシップを身に付けるよう焚《た》きつけたのは政近だ。しかし最近のアリサはそれで気負っているのか、なんだか常に気を張っている気がした。そして……なぜか、少し距離を感じる気も。

（なんだろ、なんか、一線引かれてるような気がするんだよな……）

釈然としないながらも、口の中で「あいつ真面目だからな」と付け足し、頭を掻く政近。それをじっと見つめ、有希はゆっくりと顎を撫《な》でた。

「兄者……それは、あれじゃないか？　持つ者の傲慢ってやつ」

「は？　何が？」

急によく分からない指摘を受け、政近は素で眉をひそめる。それに対して、有希はふっと表情を緩めると、少し遠くを見ながら優しい口調で言った。

「お兄ちゃん……マーシャさんはお風呂で体を洗う時、おっぱいを持ち上げるんだよ？」

「は？」

これまた突拍子もない話に、政近はポカンと口を半開きにする。しかし、有希は特に気にした様子もなく、どこか愁いを帯びた表情で続けた。

「おっぱいが大きいせいで、下乳が胸の上に乗っかって……おっぱいの付け根のラインが蒸れて、汗を掻いちゃうんだって」

切なげにそこまで語り……有希は突然クワッと眦《まなじり》を吊《つ》り上げると、テーブルをパシーンを叩く。そして、何かを堪えるように顔を伏せたまま、力いっぱい叫んだ。

「ねぇぇ――――よそんなことぉ!!　おっぱいが胸の上に乗っかる？　え、ナニソレ何かのとんちですか？　『では乗せますのでまず巨乳にしてください』って返せばいいんデスか？　プリンをお皿に載せても影は出来ねーんだよ！　大福だったら影が出来るんだろうけどな!!」

全力でそこまで叫んでから、有希はフッとやり切った感満載の表情で顔を上げる。

「かように、持つ者は無意識に持たざる者を傷付け、追い詰めるものなんだよ……」

「今のくだり必要だったか？　というか、お前最近下ネタ多くない？」

「下ネタ言ったっていいじゃないか、思春期だもの」

「名言を汚《けが》すな。あと、お前はプリンっていうより精々ゼリーだろ」

「誰がお中元でしか見たことない薄いくせにやたらと高いゼリーだと？」

「有希様、わたくしはゼリーも大好きです」

「うるせープリンは黙ってろ。揉《も》みしだくぞ」

「⁉　……どうぞ」

「うっひょ～い」

即行で綾乃《あやの》の胸に飛び込み、両手と顔でその感触を楽しむ有希。その百合百合《ゆり》しい光景を見て、政近は思った。

（いたのか、綾乃《お前》）

玄関に靴はあったのだが、今の今までその存在を意識していなかった。ステルス性能がますます上がっている従者に密《ひそ》かに戦慄していると、その胸に顔を埋めている有希がチラリと視線を寄越《よこ》してくる。

「ま、そういうわけで……お兄ちゃんが気付かない内に、アーリャさんを追い詰めてることもあるかもよ？　ってね」

「はぁ……？」

有希の言葉に、政近は不明瞭な言葉を返して少し考える。

（俺がアーリャを追い詰めてる……？　バンドのことが負担だった？　いや、そういう話じゃないか）

そういうことではなく、政近の何かがアリサを焦らせているということだろう。だが、そう考えてもやはり心当たりはない。そもそも、アリサが持っていなくて自分が持っているというものがそんなに思い付かなかった。

（まあ、無駄に才能はあるけど……あとコミュ力？　でもそれは有希も一緒だし……むしろ、学園でコミュ力発揮してるのは俺よりも有希の方では？）

対立候補である有希に焦らされるなら分かるが、自分に焦らされるというのがよく分からない。有希と綾乃が帰った後もつらつらと考え続けたが、答えは出なかった。

「ん？」

お風呂に入ろうとして、何気なく半ズボンのポケットに手を突っ込み。そこに何かが入っていることに気付き、政近はそれを取り出した。そして――

「あいつ……」

それが、アリサの水着画像が入っているらしいUSBメモリであることに気付いて、思いっ切り顔をしかめた。

「持って帰れって言ったろうがよ……」

いつの間にポケットに入れられたのか……と考え、心当たりがあり過ぎて断念。溜息ひとつ吐くと、政近はそれを手に持って自室に向かう。そして、自分の机の上にUSBメモリを置いた。

「まったく……って、なんで自然にパソコンを立ち上げてるんだ俺は」

まるで当然のように椅子に座り、ノートパソコンを起動させている自分自身に真顔でツッコミ。しかし、それでもなお手は止まらない。

「おいおいマジかよ。なんてナチュラルにUSBを挿し込もうとするんだマイハンド」

サラッとUSBメモリをポートに挿し込もうとする右手を、左手で摑み止める。が、利き手の方が力が強いのは自明の理。徐々に、徐々にUSBがポートへと近付いていく。

（待て！　冷静になれ！　ここに入ってるのは、アーリャが他人に見せたくないと言った画像なんだぞ⁉　それを勝手に見るのは、人として最低の行為じゃないか‼）

と、そこで政近の内で理性が声を上げ、左手に力が入った。

「ぬ、ぐぐぐっ」

USBを持つ右手を、歯を食いしばって押し戻そうとする政近。そこで、今度は政近の欲望が声を上げる。

（いやそもそも、ここに入ってる写真が撮られた時、その近くに俺もいたわけで。俺が目撃する可能性があったシーンを後から見ることに、何の問題が？）

その欲望の声に、左手から少し力が抜けた。

（だとしても！　見られたくないって本人が言ってるならその意思を尊重すべきだろ！）

（それは会長にじゃないのか？　俺に見られたくないとは限らないだろ？　そもそも、ついこの前下着姿まで見たんだし。今更じゃないか）

（いやいや）

（いやいやいや）

激しくせめぎ合う、政近の欲望と理性。その果てに、とうとうひとつの妥協点を見出《みいだ》す。

（とりあえず、ＵＳＢを挿してから考えよう）

有希が言うには、中身はパスワードでロックされているとのこと。挿し込んだところで即水着画像が見えるわけじゃない。ならば、とりあえず挿し込んでから考えようそろそろ手も疲れてきたし。ということだった。

そうして、政近はひとまずＵＳＢを挿し込む。と――

「なっ⁉」

パソコンがＵＳＢメモリを認識した瞬間、予想していたパスワードの入力画面は開かれず、即座に中身が表示された。フォルダ内にズラッと並ぶ画像ファイル。突然のことに、政近はそこから目を背けることも出来ず――

「……あぁ？」

怪訝《けげん》な声を漏らした。なぜなら、ズラッと表示された画像ファイルは、そのどれもが白一色だったから。

「なんだこれ？　データが壊れてんのか？」

先程までの葛藤も綺麗《きれい》にすっ飛び、純粋な疑問でフォルダ内をスクロールする。そして、その白一色の画像ファイルの群れの最後に、ひとつのテキストファイルを発見した。タイトルは『欲望に負けちゃったクソザコお兄ちゃんへ♡』。

「……」

政近は、無言でそのテキストファイルを開く。すると、そこには……

『これらは色白過ぎて、白飛びしてしまったアーリャさんの画像です』

「じゃかましいわボケ!!」

激しくツッコミ、パシーンとノートパソコンを閉じる。そして荒々しくベッドに向かうと、政近は頭から枕へとダイブした。

「あぁぁぁぁ〜〜〜〜〜!!」

まんまと翻弄された屈辱感。そして、なんだかんだで欲望に負けかけた罪悪感。それらがない交ぜになって、政近は激しく身悶《みもだ》えする。

その後、なんとか四十分ほど掛けてようやく頭を冷やすことには成功したのだが……その頃には、沸かしたお風呂も冷めてしまっていたのだった。

Иногда Аля внезапно кокетничает по-русски

第8話　だから男の赤面とか(以下略)

「〜〜♪」

教室での相談を経て学園祭ライブのセットリストも決まり、バンド練習は本格的なスタートを切っていた。今日も今日とて音楽室を借り、五人でセッションをする。

(流石はアーリャだな。もうここまで仕上げてきてるのか)

五人の演奏を聴きながら、政近《まさちか》は改めてアリサの努力家っぷりに感心していた。

曲が決まったのは、つい三日前だというのに。三日前まで、アリサはその曲を知らなかったというのに。一体どれだけ聴き込み、歌い込んできたのか。アリサの歌声はほとんど音程を外すことなく、それどころか情感を込めたアレンジを加える域にまで達していた。

透明感のある美しい歌声でありながら、時々凄味《すごみ》も感じさせるアリサの歌に、政近は少し気圧《けお》される。だが、その一方で……

「あ、ごめん！　ミスった！」

アリサの完成度に、付いていけてないメンバーもいる。連続して同じところで毅《たけし》がミスをし、演奏が中断されたのだ。

「マジでごめん……今のとこもう一回いいかな？」

「それでは、『今まで〜』のところからやりましょうか」

沙也加《さやか》の提案の下、演奏が再開される。が、

「あ、くそっ！　マジごめん！」

またしても毅がミスをし、演奏が止まった。

単純に、毅の練習不足というのもある。しかし、毅自身この曲は初めてなことを考えると、そこを責めるのは酷だろう。それに、原因はそれだけではない。

まだそこまで親交を深めきれてないメンバーとの演奏。しかも、アリサと乃々亜《ののあ》は学園でもトップレベルの美少女で、沙也加はいささかとっつきにくい部分がある。それだけでも十分気後れしてしまうだろうに、そこに加えて……

（あぁ〜……アーリャ、イライラしてんな……）

バンドの先頭に立つアリサが、無言のプレッシャーを発しているのだ。アリサの気持ちも分からないではない。バンド初心者のアリサがここまで仕上げてきているのに、バンド経験者であり助《すけ》っ人《と》要請をした側である毅がこの調子だ。完璧主義者のアリサでなくとも、イラつくのは無理からぬことだろう。

（でも、それじゃあ毅がますます萎縮しちゃうって……まあ、口に出してないだけマシか。しゃーない）

ここは自分がマネージャーとしてフォローに回ろう……と、政近が思ったその時。

「丸山君《まるやま》、多少のミスは気にせず一回通した方がいいんじゃないかしら？　今回が合わせるの初めてだもの。今日のところは、どこがミスしやすいのか把握するくらいの気持ちでやりましょう」

アリサの口から飛び出た思わぬ言葉に、政近は目を見開いた。毅も一瞬何を言われたのか分からない様子で瞬《まばた》きしてから、慌てて声を上げる。

「あ、ありがとう。いや、マジで申し訳ない。もうちょっと練習してくるんだったわ」

「そう、なら次回までには完璧に仕上げてきてね？」

「う、ん、ガンバリマス……」

「冗談よ」

そう言って、アリサは小さく笑った。その笑みに一瞬呆《ほう》けたように口を開けてから、毅は頬《ほお》を叩《たた》いて気合を入れる。

「っし！　もう一回最初からお願いしまっす！」

「……それじゃあ、最初から行きましょうか」

そこで沙也加が光瑠《ひかる》に視線を送り、光瑠がドラムスティックをカッカッと打ち鳴らす。

そして、再開される演奏。まだ細かなミスはあったが、毅の……そして光瑠の肩からも、余計な力が抜けているのが見ていて分かった。毅が何度もミスったところも、今回はあっさりとクリアし、そのまま最後まで演奏し切る。アリサのロングトーンと毅のギターが最後の余韻を残して曲が終わると、静寂の中に政近の拍手が響いた。

「お～いいね。思わず体が乗っちゃったわ」

政近の純粋な賛辞に、続いてアリサも笑みを浮かべる。

「えぇ……まだいろいろと改善の余地はあるんでしょうけど、今のは気持ちよかったわ」

その言葉に、毅と光瑠も同時に笑顔になった。

「おお！　今のはオレも気持ちよかったわ！　つーかやっぱオレが一番ミスってんな！　マジごめん！」

「はは、僕も人のこと言えないから……というか、谷山さんと宮前《みやまえ》さんは安定してるね？　軽音部の僕らより全然上手《うま》いよ」

「まあ、この曲は前に弾いたことがありますので……」

「あ～ぶっちゃけこの曲は、キーボードそんな難しくないんだよね。ソロもないし」

互いの演奏についてひとしきり話した後、毅がアリサに目を向ける。

「いやぁにしても九条《くじょう》さんマジすごいっすわ。めっちゃ歌上手い！　こんなポンコツギターで申し訳ない！」

「……まあ、私は楽器をやらないから丸山君たちの苦労は分からないけど……それでも、大変そうなのはなんとなく分かるから。あまり気にしないで？」

アリサの言葉に、毅はすっかり緊張がほぐれた照れ顔で頭を掻いた。そして、より一層気合が入った様子で練習を続ける。

その光景を見ながら、政近はすっかり感心してしまっていた。

（アーリャ……すごいじゃん。俺のフォローなんていらなかったな）

まさか、アリサが自分から毅のフォローをするばかりか、冗談まで言って場を和ませるとは。一体どんな心境の変化があったのか。以前のチームプレイが大の苦手だったアリサからは考えられないことだった。

（生徒会活動を経て……アーリャも成長してたってことかな）

政近の思惑としては、学祭実行委員会の仕事が本格化する前に、このバンド活動を通してアリサにチームプレイに慣れてもらうつもりだった。そして、出来ればリーダーシップもある程度身に付けてもらえたらいいなぁ～と思っていたのだが……これは嬉しい誤算だった。

（この調子なら、学祭実行委員会でも上手くやれそうだな）

すっかりいつもの調子でノリノリでギターを掻《か》き鳴《な》らす毅と、苦笑しながら落ち着くよう言う光瑠。心なしかいつもより少しテンションが高い乃々亜と、密《ひそ》かに入り込んじゃってるっぽい沙也加。そして、穏やかな表情で、楽しそうに歌声を響かせるアリサ。

それは、政近が想像していたよりもずっと、バンドらしい光景だった。ただ、少しばかり気になるのは……

（アーリャ……俺より毅に対しての方が、なんか優しくない？）

と、いうことだった。

（あれ～？　おっかしいなぁ？　俺と一緒にいる時より表情が穏やかな気がするぞ～？）

それは、恐らく気のせいではない。だが、ならなぜ政近といる時は表情が険しいのかと考えれば……

(……ん、俺のせいだな)

自身の言動を顧みて、そこに原因しかないと気付き、政近はきゅむっと唇をすぼめる。

(もうちょっと……アーリャに優しくしよ)

五人の演奏を見守りながら、政近は密かに反省するのだった。

◇

「試飲?」

「うん、お願い出来ないかな?」

翌週の放課後。学祭実行委員としての仕事の最中、空いた時間に自分のクラスの様子を見に来た政近。そこでクラス委員長兼実行委員に頼まれたのは、学園祭で出す飲み物の試飲だった。

政近のクラスでは、生徒会や部活でクラスの出し物にあまり参加できない生徒が多く、話し合いの結果あまり手の掛からない出し物をしようということになった。

その名も『異世界喫茶』。考案者は一応政近。先日沙也加と行った、コラボカフェに着想を得た企画だ。コンセプトとしては、クラスメートが異世界ファンタジーっぽい格好をして、ポーションやエリクサーといった異世界ファンタジー定番の飲み物を出すというもの。もっとも、あくまで出すのはそれっぽい飲み物だが。

　手間が掛かる食べ物はなしで、飲み物も、既製の数種類の飲み物を組み合わせて作るだけ。この学園では、学園祭の飲み物ひとつ取っても本格的な紅茶やコーヒーが出て来るのが普通だが、これなら事前に配合して大量に用意しておけば、あとは紙コップに注ぐだけというお手軽さ。コスプレも、制服の上に魔法使いっぽいローブと三角帽を着けて「魔法学園の生徒が魔法薬を調合しています」と主張すれば大体オーケー。もうちょっと本格的にコスプレしたい人は各々ご自由に。とまあそんな感じで、今日は肝心の飲み物作りをしていたようなのだが……

「みんなもうお腹《なか》たっぽんたっぽんで……少量で作ろうと思っても、いくつも混ぜたら自然と量が多くなっちゃうんだよね」

「まあ、そうだろうな……」

　机の上には、もはや悪ノリで作ったとしか思えない量の紙コップが並んでいる。

（いや、あれとか完全に悪ノリだろ）

　なんだかヘドロのような見た目で謎の赤い粒が浮いてるブツを眺め、政近は口元を引《ひ》き攣《つ》らせた。作るのは勝手だが、ちゃんと製作者が責任持って消化しろと言いたい。

「……というか、組み合わせるのは飲み物だけって話じゃなかったか？　明らかにいくつか異物が混じってるのがあるんだが……」

「あ、あぁ〜それね。いや、飲み物だけじゃ斬新さに欠けるかなぁって思って、ちょっと調味料も使ってみたり？」

「……例えば？」

「えっと……コチュジャンとか、ハリッサとか？」

目を逸《そ》らしながら言葉を濁す、クラス委員長。周りのクラスメートも、微妙に罪悪感を覚えている様子で同じように視線を逸らす。

「……まあ、予算内でやってるなら別にいいと思うけど」

そう言いながら、政近は比較的無難そうな見た目の飲み物を探し、ひとつの紙コップを手に取った。

「それじゃまあ、これをちょっと試飲させてもらうよ」

色は灰褐色っぽくてちょっとあれだが、固形物は浮いていない。特に異臭もしないので、恐らく破滅的な味はしないだろう。と、思ったのだが。

「あ……」

委員長が思わずといった感じで漏らした声に、政近は顔を上げる。すると、他のクラスメートも同じように「あ……」という顔で口を半開きにしていた。

「……なに？」

「ううん、別に……」

「じゃあ……」

「あ……」

「いやだから何よ」

飲もうとすると、またしても「あ、それは……」みたいな顔をされ、政近は眉根を寄せる。しかし、やはり誰も何も言わず。政近はもう一度手の中の液体をしげしげと見てから、一口だけ口に含んだ。

（う、ん……？　な、なんだこれ）

基本ベースは野菜ジュースっぽい……のだが、どこかに茶葉の風味を感じるし、何やらカカオっぽい香りもする。その奥にまだいろいろ混じっている気はするが、ちょっと詳細は分からない。そして、遠くで微《かす》かに存在を主張する炭酸が、なんとも言えない煩わしさを演出していた。

（そこまでマズくはないし……薬っぽいっちゃあ薬っぽいかも？）

もう一口飲んで、やっぱり微妙な表情で首を傾げる。お世辞にも美味《おい》しいとは言えないが、かといって「うわっまっず！」となるほどマズくもない。一番反応に困るやつだった。

（ま、とりあえず飲んじゃうか）

口をつけておいてお残しするのもどうかと思い、政近は残りを一息に飲み干した。口の中に広がる微妙なマズさに顔をしかめつつ、紙コップにウーロン茶を少し注ぐと、口直しに呷《あお》る。

「まあ、滅茶苦茶《めちゃくちゃ》マズいわけじゃないけど……決して美味しくはなかったかな」

「そ、そっか……」

「ちなみにこれ、何が入ってたの？」

「それは……企業秘密？」

「俺、バリバリ関係者《クラスメート》ですけど？」

しかし、やはり委員長は目を逸らす。他のクラスメートも一斉にサササッ。

「いや、マジで何が入ってたんだよ……」

ここまで来ると、流石に政近も不安になる。と、委員長が遠慮がちに政近の方を窺《うかが》いながら、おずおずと口を開いた。

「ねぇ、久世《くぜ》君……体大丈夫？」

「どういうこと⁉」

「あ、ううん。大丈夫ならいいの。大丈夫なら……」

「ちょっと、マジで何入ってたの⁉　怖いんですけど⁉」

「ううん、大丈夫。有害なものは入ってない、よ？」

「そこはきちんと断言してくれぇ⁉」

「でももし何かあったら……早めに病院行った方がいいよ」

「そこは断言しないで欲しかったなぁ‼」

「たぶん、二時間以内に何も症状が出なければ……大丈夫」

「症状って何⁉」

その後、しばらく食い下がるも、結局それ以上詳しいことは聞けず……ひたすらに不安だけを煽《あお》られて、政近は教室を出た。そして、生徒会室に戻って仕事をすること三十分。政近の体に、危惧されていた異変が起きていた。

（なんかすっげームラムラするんですけど！）

……その内容は、あまりにも予想外なものだったが。

（え？　は？　なにこれ……いや、こういうのって普通女子がなるべきじゃね？　普段クールな女子が、馴染《なじ》みのない情動に翻弄される姿がおいしいわけで……野郎が発情して誰が得すんだよ!!）

脳内で盛大にツッコミを入れるも、状況は変わらない。そう、今なお……ふとした拍子に、股間がアカンことになってしまいそうな状況なのだ！

（くっそ、マジでなんなんだよこれ……！　あいつら、ふざけて精力剤でも入れたんじゃないだろうな……!?）

書類仕事をしながらも、頭の中ではクラスメートへの恨み言が止まらない。いや、もちろん飲んだのは自分だしそこは分かっているのだが。

「政近様、少しよろしいですか？」

「っ、ああ、なんだ？」

強いて顔を伏せ、手元の書類に全神経を集中させていたところ、横から声を掛けられやむなく顔を上げる。するとそこには、いつもの三割増しで魅力的に見える綾乃《あやの》の顔が。

（くぅ！　罪悪感が……！）

胃がきゅうっと締め付けられる感覚に、政近は密かに奥歯を噛み締めた。この純粋で善良な幼馴染《おさななじ》みに、わずかでも薄汚い欲望を抱きそうになってる自分が恨めしい。それでも間違っても胸やらお尻やらを見たりしないよう、全力で視線を顔に固定してはいる。のだが、そうしたらそうしたで、気付けばその薄い桜色の唇を注視してしまったりしていて、キシキシと罪悪感で胃が軋《きし》む。

「と、いうわけなのですが——」

「あ、ああ、もし足りないようなら、中等部に借りるという手はあるぞ？」

「ですが、運ぶのが大変ではないですか？」

「それは用務員さんに頼めば、軽トラ出してもらえると思う。まあ何度も出してもらうのは申し訳ないし、軽トラってたくさん積んだ方が安定するらしいから、頼むとしても全部まとまってからってことにはなるだろうけど」

「あら、それホント～？」

反対側からマリヤに声を掛けられ、政近は一瞬唇を噛《か》む。

「……ええ、中等部の頃に、逆に高等部の備品借りたことがあるので」

「あらそうなの～。それって、出し物の荷物を運ぶ時にもお願い出来たりするのかしら？」

「それは……どうでしょう。要相談じゃないですか？」

真面目な話をしながらも、政近の意識の半分は別のところに囚《とら》われていた。

（うぐぅ、マーシャさん……新しい夏服になって、ますますインパクトが……！）

顔に視線を固定しようとしても、増幅された男の本能が、視界の端に映るそれに強引に焦点を合わせようとしてしまう。

ブレザーとジャンパースカートを着ていた時も、その下からこれでもかと存在感を発揮していたが……それらがなくなった今、よりリアルな大きさがよく分かるというか。

「へぇ～！　やっぱり、経験者がいると心強いわね！」

無邪気な笑みを浮かべ、両手をパチンと合わせるマリヤ。その両腕に挟まれて、今にもバチンとボタンを弾けさせそうなお姉さん。

（オぐぉっ）

本格的に下半身に血が集まりそうになり、政近はとっさに背後のソファ席を振り向いた。

「あ、アーリャは……何か気になることないか？」

「？　何かって？」

テーブルの上の会計書類から顔を上げ、怪訝《けげん》そうに振り向くアリサ。

（あ、ダメだ。シンプルに顔が良過ぎる）

その浮世離れした美貌を見た途端、胸の奥からぐわぁっと熱いものが込み上げてきて、政近は目を逸らす。

「いや、何もないならいいんだけど……」

「そう？」

（ぐぅ！　くそっ、なんでこの生徒会はこんなにも女子の顔面偏差値が高いんだ!!）※今更

　会長と副会長が席を外しているため、今は左右も背後も美っ少女。男にとっては夢のような状況だが、漢になりそうな政近にとっては悪夢でしかない。

（もはや、安全なのは有希《前》しかねぇ……！）

「？　政近君？　なんでわたくしを睨むのですか？」

　対面の席に座る有希《ゆき》にギッとした目を向けると、有希が素で戸惑った顔をする。いきなり兄から、追い詰められた野獣のような目を向けられたのだ。それも当然だろう。

（あ、うん。よかった。落ち着くわ〜）

　これで妹にまで欲望を刺激されたらもう死ぬしかない……と思っていたが、幸いそんなことは全くなかった。顔面偏差値だけで言えばアリサやマリヤにも引けを取らないが、色気というものを欠片《かけら》も感じないので何も問題はない。むしろ、身内相手の謎の安心感で、欲望が沈静化された感すらある。

（よし、大丈夫……基本書類だけ見て、やばそうな時には有希を見ればなんとかなりそうだ）

　謎ジュースで生まれた修羅場を乗り切る策を見出《みいだ》し、ホッとした、のも束《つか》の間《ま》。

「綾乃、ちょっと過去の資料を探したいから、付き合ってもらえる？」

「畏《かしこ》まりました」

なんと、頼みの綱があっさりと引き上げられてしまった。

(ええ〜〜〜)

呆然《ぼうぜん》としている間に、有希と綾乃は出て行ってしまう。残されたのは、政近と九条姉妹。生徒会室にこの三人。そうなれば自《おの》ずと、脳裏にあの事件が思い浮かぶ。

(！　マ、ズい……！)

その時に目撃した桃源郷が頭の中に蘇《よみがえ》り、政近は猛烈な危機感に襲われた。とにかく一旦ここを離れようと、急いで立ち上がる。

「あっと……ちょっと飲み物買ってきます」

とっさに思い付いた言い訳を口にするが、そこで背後から予想外の言葉が。

「それなら、私がついでに買ってくるわ。ちょうどレシートに不備がある書類を見つけたから」

「え、あ……」

「麦茶でいい？」

「あ、うん」

思わず頷《うなず》いてしまってから、政近はしまったと思う。

「やっぱり俺も一緒に……」

「いいわよ。子供じゃあるまいし」

せめてもと同行を申し出るも、アリサはすげなく断り、さっさと出て行ってしまった。

中途半端に伸ばされた政近の手が空を掻く。

「え～……」

気付けばマリヤと二人っきり。先程に比べれば状況は良くなったような気もするが、二人きりというのはそれはそれで何か問題があるような気も。

「アーリャちゃん、なんだか最近張り切ってるわね～」

一方、そんな政近の内心とは裏腹に暢気《のんき》なマリヤ。アリサが出て行った扉を眺めながら片手を頰《ほお》に当て、こてんと首を傾げる。

「ああ、そうですね……なんか、バンドの方でもすごい頑張ってますね。いつにも増して気合入ってます」

実際、今のように助力を拒まれることも何度かあった。政近としては、少し気負い過ぎではないかと心配でもあるのだが。

「そうなの？　ああでも、アーリャちゃん、家でも頑張ってお歌の練習してるものね～」

そんな政近の懸念を余所《よそ》に、マリヤはうんうんと頷いた。すっかり出て行く口実を失った政近は、ストンと椅子に腰を落ち着け直す。その奇妙に強張《こわば》った顔を見て、マリヤが少し眉を下げた。

「久世くん……もしかしてさっきから、何か体調が悪い？」

「いや？　そんなことないですけど？」

「なんでこっち見ないの？」

見れないからです。今あなたの顔を見たら、不埒《ふらち》な記憶を思い出してしまうからです。

なんてこと正直に言えるはずもなく、政近は顔を手元に向けたまま誤魔化《ごまか》す。その頬を、マリヤが両手でぐっと摑んだ。

「もぉさーくん！　こっち向いて！」

そして、強引にマリヤの方を向かされる。直面したマリヤの顔は、純粋な心配とそれ故の怒りを湛《たた》えていた。

「ほら、ちゃんとわたしの顔を見て言って？　本当に、なんともないの？」

「あ、いえ……」

まるで今からキスでもされるのかと思うような体勢に、政近は言葉が出ない。頬に触れる手の感触が、間近に見えるマリヤの顔が、混乱した脳に拍車をかける。と、不意にマリヤが気遣うように眉を下げた。

「あのね久世くん。わたしがまーちゃんだって分かって、わたしの告白を聞いて……どうすればいいか分からない気持ちは理解できるの。久世くんを困らせちゃって、申し訳ないとも思うわ。でもね？　それが原因で、わたしを避けるようなことはしないで欲しいの」

「……」

「つらい時は頼って欲しいし、苦しい時は甘えて欲しい。アーリャちゃんに見せたくない弱い久世くんを、わたしには見せて欲しい。『変に期待させるようなことは〜〜』とか、そんなことは考えないでいいのよ？　わたしが久世くんを好きなのとは関係なく、わたしは久世くんの幼馴染みで……先輩なんだから」

「……」

なんだか、すっごくいいことを言われている気がする。だが、大変申し訳ないが……ちょっと頭に入ってこない。二人っきりの生徒会室でマリヤに間近に顔を寄せられ、政近の脳は完全にオーバーヒートしていた。

（甘えて……甘えて、いいのか？　思いっ切り抱き着いたりしても、許される？）

異様な熱でくらくらとした脳が、危ない方向に思考を傾け始める。今にも理性を吹き飛ばして、マリヤの胸に飛び込みそうになる。

「ただいま～」

と、そこで生徒会室の扉が開き、政近は弾かれるようにマリヤの手から逃れた。そして勢いそのままに振り向けば、そこにはちょうど入って来た茅咲《ちさき》の姿が。茅咲はドアノブに手を掛けたまま、むっと眉根を寄せると、険しい表情で室内を見回す。

「……なに？　なんか、いやに牡《オス》臭いんだけど」

久しぶりに男嫌いセンサーが発動しているらしい茅咲。政近は無言で席を立ってその前に歩み寄ると、透き通った表情で茅咲に声を掛けた。

「更科《さらしな》先輩」

「ん？」

「一発、リセットをお願いします」

「よし来た」

そうして政近は、理性も欲望も、まとめてきれいさっぱりリセットされるのだった。

Иногда Аля внезапно кокетничает по-русски

第9話

こいつらレスバ強過ぎでは？

「だ～いぶまとまってきたな～！　最初は本当に間に合うのか不安だったけど……」

「そうだね、特にむ、ファントム、に関しては、各パートの譜面を作るところからだったしね」

「そうね。でも全員で合わせてみると、このファ、ントムは、改めていい曲だと思うわ」

「もう、〝むげん〟でいいですよ……」

「作者が折れてて笑うんだけど」

「ごめんなさい谷山さん、曲名に不満があるわけじゃなくて……」

すっかり打ち解けた様子で、和気藹々《わきあいあい》と話し合う五人。それを、政近《まさちか》は少し離れたところから見ながら、小首を傾げていた。

（う～ん……これ、俺いるかな？）

それが、今の政近の割と切実な思いだった。予想以上に上手くやれそうだとは思っていたが、それ以上に上手くやれ過ぎていて、政近が口を挟む余地がない。

（こんな癖が強いメンバー、なかなかまとまらないと思ってたんだけどな……）

少なくとも今は、全員肩の力が抜けている。そして、その中心になっていたのは間違いなくアリサだ。バンド練習を引っ張っていたのは沙也加《さやか》だが、メンバーの心をひとつにしたのはアリサだった。

元々、沙也加は人を動かすことには長《た》けているが、自らチームメンバーの心に寄り添うということはしない。どちらかと言えば、「あなたの力量なら出来るはずです。メンタル面の問題？　それはわたしの知ったことではないので、友人に相談するなり恋人に泣きつくなりして自分で立て直してください。それが出来ないなら、あなたの仕事は他の人に任せます」と真顔で言うタイプだ。沙也加にとって、全ての人間は自分も含めて駒だから。自分は他の駒を動かす指揮官の駒であり、他の駒のケアは指揮官の役目ではない。そう冷徹なまでに割り切っている。

（谷山は指揮官《コマンダー》としては超一流だが、指導者《リーダー》かと問われればそうじゃないんだよな……今回は、図らずもアーリャがケア役に回ったたってことか。いや、もしかしたら……それも谷山の計算通り、って線もあるか？）

いずれにしろこの調子なら、政近の援護なしでもアリサは自力でバンドリーダーの座を勝ち取るかもしれない。それ自体は喜ばしいことなのだが……こうなってしまうと、本格的にマネージャーとしての自身の存在意義に疑問が生じてしまう。アリサのサポートも、毅《たけし》や光瑠《ひかる》へのフォローも要らなくなってしまった今、果たして何をすればいいのか……

（……そろそろ休憩を挟むだろうし、喉に優しい飲み物でも買ってくるかな）

なんだか運動部のマネージャーみたいだと内心自嘲しながら、政近は静かに音楽室を出た。

「な～んか、なぁ……」

五人の音楽を背にして廊下に出た途端、政近は妙に疎外感を覚えてしまい、思わず愚痴のような声を漏らしてしまう。そして、そんな自分に苦笑した。

（あいつらが上手くやってるのを見て不満を覚えるなんて、マネージャー失格だな……）

マネージャーを必要としないくらい上手くやっているのなら、それは喜ばしいことだ。そもそも、政近がマネージャーになったのは誰に頼まれたわけでもなく、自分で選んだことだ。それで仕事がなくなったからといって、不満を覚える権利などありはしない。それが嫌なら、最初から乃々亜《ののあ》を誘わずに自分がキーボードとして参加すればよかったのだ。

（な～んて、な）

それが出来ないことくらい、自分がよく分かっていた。政近はもう、ピアノを弾くつもりなどないのだから。それは、母親への意地もある。だが、それ以上に……

（俺の音楽には……人を笑顔にする力がないからなぁ）

昔からそうだった。政近がピアノを弾くと、みんな無表情になってしまう。それまで友人の演奏を一生懸命応援していた子供達も、我が子の演奏に笑顔で拍手を送っていた保護者達も、政近が演奏し始めるとみんな無表情になる。そして、政近のことを何か、異物でも見るかのような目で見るのだ。

（今思うと、あれ完全に引いてたよな～……まあ、自分でもあまり子供らしくないガキだったと思うし、別にピアノ自体好きだったわけでもないしな。無邪気に喜んでくれてたのなんて有希《ゆき》くらいで……いや、なんか一人すっげぇ対抗心剝《む》き出しで睨《にら》んでくる奴もいたっけか）

総じて、ピアノにはいい思い出がない。そんな人間がバンドに加わったところで、不協和音になるだけだろう。

（そもそも、今やピアノ自体弾けるのかどうか……）

そんなことを考えながら、全員分の飲み物を買って音楽室に戻ると、ちょうど五人は休憩をしているところだった。

「お疲れ～飲み物を――」

表面上、何事もなかったかのような笑顔で缶を掲げる政近。しかし、その笑顔はすぐに固まることになった。

「いやぁそれにしても、アーリャさんどんどん歌上手くなってるよなぁ。いや、元からめっちゃ上手かったけども」

何気ない調子で毅の口から飛び出した、アリサの愛称。それまで、学園の男子では政近しか呼んだことのなかった名前。それを毅が呼んでいることに、政近はどす黒い炎が一気に臓腑《ぞうふ》を焼くのを感じた。

「ん？　くぜっち、差し入れ～？」

「あ、ああ……ちょっとな」

乃々亜の呼び掛けにぎこちなく歩みを再開し、手近な机にジュース缶を置く。そうしている間も、他のメンバーの会話は否応なく耳に入ってくる。

「アーリャさんは、どこかで歌の経験があるの？」

「特には……小さい頃に、少し聖歌隊に所属してたことがあるくらい？」

「え、じゃあアーリャさんってキリスト教徒なんすか？」

「別にそういうわけじゃないわ。というか、今のロシアの若者ってほとんどが、日本人と同じで無宗教だと思うわよ？」

毅だけでなく、光瑠の口からも飛び出すアリサの愛称。政近は動揺と強烈な嫉妬で、めまいがした。

「どったんくぜっち改めまさっち」

「まさ……？　あ、いや……」

乃々亜の質問にぎこちなく笑みを浮かべ、政近は必死にさりげなさを装って問い掛ける。

「なんか、メンバー同士名前で呼び合うことにしたのか？」

「ん？　あ～アリッサの提案でね～」

「あ、そう……」

アリサの提案。つまり、アリサ自身が自分を愛称で呼ぶよう求めた、と……

「あ～……俺、ちょっとクラスの出し物見てくるわ」

これ以上、平静を装える自信がなく、政近はそう言い置くと再び音楽室を出た。

「～～くそっ！」

そして、階段に差し掛かったところで頭を掻《か》きながら悪態を吐くと、荒々しい足取りで教室へと向かう。なんだか今は、何もかもが気に入らなかった。

自分以外の誰かにあっさり愛称を許したアリサも、それで馴《な》れ馴れしく愛称呼びをしている親友二人も、そして……こんなことで独占欲を発揮してる、自分自身も。

「チッ」

いつになく胸中を荒れさせながら、政近は階段を下りる。そうして踊り場に下りたところで、後ろから聞き慣れた声に呼び止められた。

◇

「？　政近君？」

戻って来たと思ったらまたすぐ出て行った政近に、アリサは怪訝《けげん》な顔をする。それに軽く溜息《ためいき》を吐きながら、沙也加は素っ気なく声を掛けた。

「追った方がいいんじゃないですか？」

「え？」

「彼へのフォローはアリサさんの役目でしょう。下手にこじれる前に、ちゃんと話し合ってください」

「ええ……分かったわ？」

まだ今ひとつピンと来ていない様子ながら、アリサは政近の後を追う。その背を見送り、沙也加は再度溜息を吐いた。

「優しいね～さやっち？」

「はい？」

そこでニヤーッとした笑みを浮かべた乃々亜に声を掛けられ、沙也加は眉根を寄せる。そして、顔を背けながら眼鏡を押し上げた。

「わたしはチーム全員が万全の状態でいられるよう、人を動かしただけです」

「ふ～ん？」

「……なんですか、その目は」

なんとも意味深な笑みを浮かべる乃々亜に、沙也加は不快そうな顔を向ける。そこへ、光瑠も少し苦笑いを浮かべながら声を掛けた。

「僕からも、ありがとう。僕も少し気になってはいたんだけど……あそこはく、アーリャさんに動いてもらうのが、一番だったと思うから」

「え？　何が？　どういうこと？」

素でなんにも分かってない毅に軽く脱力しつつ、なんだか居心地の悪さを覚えた沙也加は、自分の鞄《かばん》の方へと向かう。そして、眼鏡ケースの中から眼鏡拭きを取り出すと、それでレンズを拭き始めた。

「？　何か？」

「あ、や……沙也加さん、って、眼鏡外すと結構雰囲気変わるんですね」

「……ああ、目つきが悪いのは自覚してます」

「いや、そうじゃなくって……なんかこう、クールっぽくて？　いいと思いますよ、ええ」

「？」

なんだか動揺しているようだが、眼鏡を外しているせいでよく見えない。変に気にしてもよくないような予感がして、沙也加は殺から視線を逸らすと、そそくさと眼鏡を掛け直してベースを置いた。

「少し、席を外します」

「あ、トイレ？　アタシも行く～」

なんの恥じらいもなく〝トイレ〟とド直球に言った乃々亜に少し非難の目を向け、沙也加は溜息交じりに答える。

「……軽く外の空気を吸ってくるだけですよ」

「そ？　じゃあ付き合うわ」

「……」

きっと、どう言ったところで付いてくるつもりなのだろう。そう察した沙也加は軽くジト目を向けただけで早々に諦め、乃々亜と共に音楽室を出た。すると、早速乃々亜がニヤニヤと笑いながら声を掛けてくる。

「いやぁそれにしても、さやっちがあの二人の仲に気を回すとはね〜え？」

「さっきも言ったけど、チームのためよ。私情は関係ないわ」

「にしては、ずいぶんとアリッサに気を遣ってる気がするけど？　さやっちがその気になれば、もっと上手く五人をまとめられたっしょ」

「……せっかくバンドをやるのに、余計なことに頭を使いたくなかっただけ。リーダーをやれる人が他にいるなら、その人に任せた方が楽でしょ？」

「ってことは、アリッサにバンドリーダーの座は譲る気なんだ？」

「……」

なんだか何を言ってもいじられる気しかしなくて、沙也加は渋い顔で口を噤《つぐ》む。そして、じろりと乃々亜を見て少し反撃した。

「そう言うののちゃんも、いつもよりずいぶんと楽しそうに見えるけど？　バンドはそんなに楽しい？」

「あ〜そうね〜……」

この幼馴染《おさななじ》みが普段表向きに見せる感情が、本心からのものではないことくらい沙也加も気付いている。乃々亜が常に周囲の反応を窺《うかが》い、その場での最適解を演じていることも。

気付いてはいたが、そこに深く踏み込むつもりはなかった。そうした方が、この幼馴染みとは上手く付き合えると察していたから。

しかし、ここ最近の乃々亜は、沙也加の目から見ても素で楽しそうな雰囲気を発していた。それは沙也加にとっても意外で……同時に、嬉しいことでもあった。

「……ま、思ったよりは楽しいかもね、バンド」

「そう」

少しだけ表情を緩め、沙也加は穏やかな気持ちで廊下を歩く。と、そこで前の曲がり角から見知った顔が現れて立ち止まった。

「あれ、ゆーしょーじゃん」

「おや、久しぶりだね。宮前《みやまえ》、谷山」

それは、現ピアノ部部長でありかつての中等部生徒会役員でもある、桐生院雄翔だった。二人にとっては、中等部選挙戦の最中に討論会で打ち負かし、生徒会長候補の座から蹴落としたという、因縁のある相手でもある。そのことを意識しているのかいないのか、乃々亜は完全に自然体だったが……流石に沙也加はそうはいかず、少しばかりの警戒心を持って雄翔に相対す。

「お久しぶりです、桐生院さん。わたし達に何か？」

「いや、取り立てて用はないよ。ここで会ったのは偶然さ」

そう言って肩を竦めてから、雄翔は意味深な笑みを浮かべた。

「ただ、そうだね……少し小耳に挟んだんだけど、キミ達は今度の学園祭で、あの九条《くじょう》アリサと一緒にバンドをするんだって？」

「ええ、それが何か」

「いいや？　意外だなって思ってさ。まさかキミが、あんな転入生を支持するような真似《まね》をするとは思わなかったから」

含みがあることを隠そうともしないその言い様に、沙也加は冷徹な表情でゆっくりと眼鏡を押し上げる。

「あんな、とは？　わたしの知る限り、あなたと九条さんに接点はなかったはずですが」

「なくても分かるさ。キミだって、ボクが何を言いたいかは分かっているんだろう？」

そう言って、雄翔は皮肉げに口の端を吊《つ》り上げた。

「生徒会長になるのは、将来的に来光会に貢献できる人間であるべきだ。財力や権力、あらゆる力で以《もっ》て、日本を動かせる人間こそが生徒会長に相応《ふさわ》しい……ところが、あの転入生はどうだい？　金も、地位も、人脈も、何もない。それどころか、日本に関する理解がどれだけあるかも怪しい。あんなのが、生徒会長の座に相応しいはずがない。……ここに関しては、キミも賛同していたと思ってたんだけどね？」

それは、普段の貴公子然とした振る舞いからは想像もつかない、強烈な自意識と野心に満ちた表情だった。しかし、沙也加は特に動じることもなく軽く息を吐く。

「理解はしますが、賛同した覚えはありませんよ」

「なぜ？　キミだって谷山重工の社長令嬢として、将来日本を背負って立つ人間として、来光会に入ることを目指していた身だろう？　宮前だって、来光会に入ってより実家の家業を発展させるために、出馬したんじゃないのかい？」

「アタシ？　いや別に？　アタシはさやっちが出たいって言うから協力しただけだし」

乃々亜の返答に、雄翔はあからさまに嘲笑を浮かべた。そして、これ見よがしに肩を竦《すく》める。

「これは驚いた。まさか、揃いも揃ってここまで意識が低いとは……最近の生徒会長が侮られるわけだ」

正面から向けられた侮蔑に、沙也加がスゥッと目を細める。だが、沙也加が何かを言うよりも、嘲笑を浮かべた乃々亜が言い返す方が早かった。

「じゅんゆーしょーちゃんが、偉そうなこと言うじゃん」

その呼び名の意味は、沙也加には理解できなかった。だが、その効果は激烈だった。

一瞬にして雄翔の眉間に深いしわが刻まれ、歪《ゆが》んだ唇の隙間から歯が剝《む》き出される。しかし、その表情はすぐに張り付けたような笑みに隠された。

「本っ当にキミは……なんでキミみたいな人間が人気があるのか、心底理解できないよ」

「なんでだろーね？　アタシも分かんない」

煮えたぎるような怒りを感じる雄翔の声に対して、どうでもよさそうに爪を見ながら返す乃々亜。それを横目に軽く溜息を吐くと、沙也加は冷めた目で雄翔を見る。

「まあいろいろ言ってはいますが……要するに、自分が生徒会長になりたいだけでしょう？」

「生徒会長の座自体に興味はないよ。ただ現状、生徒会長にならなければ来光会に入れないから、そこを目指しているだけさ」

「そうですか。その割には、あなたが選挙活動をしているという話は聞きませんけどね」

沙也加の淡々とした切り返しに、雄翔は口元を不敵に歪ませた。

「大っぴらに人気取りをするだけが、選挙活動じゃないだろう？」

その意味深な言い方に、沙也加は眉をひそめる。

「……どういうことですか？」

「さてね。ただ、周防《すおう》と九条、あの二人のどちらかが生徒会長になると思っているなら、それは早計過ぎるって話さ。順調に進んでいるように見える人ほど、思わぬところで足元をすくわれるものだからね……まあ、キミ達には関係のないことかな」

これ見よがしに肩を竦めると、雄翔は口の端に小馬鹿にした笑みを浮かべながら、沙也加と乃々亜を睥睨《へいげい》した。

「話してみて安心したよ……今のキミ達なら、何も警戒する必要はなさそうだ」

そう言うと、雄翔は二人を避けて歩き出す。

「それじゃあね。くれぐれも、今更変な欲など出さず、精々バンド活動を楽しんでくれ」

すれ違いざまにそう言い残し、雄翔は歩き去っていく。その背を肩越しに見やりながら、沙也加は眼鏡を押し上げて言った。

「どうでもいいですけど、足元は〝見る〟ものであって、すくうのは〝足〟ですよ？　アリサさんの心配をする前に、ご自分の日本語力を疑ってみてはいかがですか？」

「さやっちめっちゃ煽《あお》るじゃん。草ぁ～」

散々好き放題言われたことへの意趣返しだったが、雄翔が特に反応することはなく。沙也加もまた、軽く鼻を鳴らして前に向き直ると、そのまま歩みを再開する。

「やれやれ、結局何が言いたかったのやら」

「自分が何か暗躍してるんだってことをアピりたかったんじゃない？ ゆーしょー結構自己顕示欲強いし？」

「そんなところですかね……」

「で、どうする？ ゆっきーやアリッサにそれとなく忠告しとく？」

乃々亜の質問に、沙也加は一瞬眉根を寄せてから肩を上下させる。

「必要ないでしょう。彼が何を企《たくら》んでいるにせよ、周防さんやアリサさんがその策に敗れるのであれば、それは致し方のないこと……それこそ、わたし達には関係のないことです」

「そっか。それじゃ～精々高みの見物と行きましょ～かね～」

その声はのんびりとしたものだったが、乃々亜の顔にはどこか危険な香りがする、愉《たの》しそうな笑みが浮かんでいた。それに気付きながらも、特に言及することはなく。

「まあ、火の粉が降りかかるようなら払うとしましょう」

沙也加はそう言って、肩を竦めるのだった。

◇

「政近君！」

背後からの呼び止める声に、政近は一瞬顔をしかめる。今だけは、彼女と顔を合わせたくなかった。

それでもすぐに表情を取り繕うと、政近は何事もなかったかのように振り向く。

「……アーリャ？　どうした？」

「……その、ちょっと」

政近の一見怪訝《けげん》そうな表情に、アリサは視線を泳がせて言葉を濁した。そして踊り場まで下りてくると、数秒悩んだ様子を見せてから、躊躇《ためら》いがちに口を開く。

「政近君の様子が……なんだか気になって」

「！」

よりによってアリサに気取られるとは思わず、政近は言葉に詰まった。しかし、視線を逸《そ》らしていたアリサはそれに気付いた様子はなく、おずおずと続ける。

「なんだか少し、距離を感じるというか……私、何かした？」

その言葉に……政近は、少し反感を抱いた。

「それは、お前もだろ？」

「え……？」

「あ――」

思わず非難がましい言い方をしてしまい、政近はすぐに後悔する。なんだかここ最近、アリサに距離を感じるのは確かだ。避けられてる……とは言わないまでも、なんだか一歩引かれている感じはする。だが、ここでそれを責めるのは筋違いだし、八つ当たりでしかなかった。

「あぁ～～」

政近はもやつく気持ちを振り払うように頭を掻くと、気まずい表情でアリサに頭を下げる。

「ごめん、今のは八つ当たりだった」

「え、うん……」

「はぁ……まあその、なんだ。その、お前があいつらと仲良くやってるのを見て……なんというか」

妬《や》いてしまった。そう正直に言えるほど、羞恥心を捨て去ることは出来なかった。

「その……ちょっと寂しくなっちゃったんだよ！」

その代わり飛び出したのは、嘘ではないが真実でもない言葉。それでも恥ずかしいのに変わりはなく、政近は顔を伏せ、歯を食いしばって羞恥に耐える。

「……ふ～ん、そう」

そこで聞こえてきたのは、はっきりと笑みを含んだアリサの声。チラリと目を上げれば、先程までの少し不安げな表情はどこへやら。さながらネズミを見つけた猫のように、アリサがニヨニヨと笑いながらこちらを覗《のぞ》き込んでいた。

「私が毅君たちと仲良くしてるのを見て……寂しくなっちゃったの？」

〝毅君〟。その呼び方に、政近は自分でもはっきりと、眉間にしわが寄るのが分かった。それは当然、正面にいるアリサにも伝わる。

「ふ～ん？」

じわじわと獲物を追い詰める猫のように、その目をニヤーッと嗜虐的《しぎゃくてき》に細め、アリサは更に顔を近付ける。そして、吐息が感じられそうな距離で政近に囁きかけた。

「もしかして……妬いちゃった？」

「！　っ、ああそうですよ！　妬きましたっ！　妬いちゃいましたぁ～！　そんな自分が嫌でキモくて逃げたんですぅ～！　これで満足か⁉」

もうどうにでもなれと、政近は自棄《やけ》になって全部をぶちまける。それに、アリサはこの上なく愉《たの》しそうに笑うと、すっと体を離した。

「ふふっ、ええ、とっても満足よ？」

まるで今にも踊り出しそうな軽やかな足取りで、アリサは煽るように政近の右側に回る。そして、羞恥に震える政近の肩に手を置くと、頬《ほお》にそっと触れるだけのキスをした。

「⁉」

頰に触れた感触に一瞬固まった後、弾かれるように振り向く政近。その顔を下から覗《のぞ》き込みながら、アリサは悪戯《いたずら》っぽく笑う。

「安心して？」

そして、ロシア語でそっと囁く。

【あなたは特別だから】

その言葉に、政近の心臓が跳ね上がった。

「な、なに？」

ぎこちなく問い返すと、アリサは顎を少し上げて「ふふん」と笑い、そのまま軽やかに階段を上っていく。そして、階段の途中で振り返ると、悪戯っぽく唇に指を当てた。

「それじゃあ、そんなやきもち焼きで寂しがりやな政近君に、私の時間を少しあげるわ」

「え？」

「学園祭の空き時間、あなたと一緒にいてあげる。だから、一生懸命私のことを楽しませてね？」

それだけ言ってくるりと背を向けると、アリサはタンタンッと踊るように階段を上り、廊下の方へと姿を消してしまう。その背を数秒、呆然《ぼうぜん》と見送り、政近はよろよろと背後の壁にもたれかかった。そして、そのままずるずると踊り場に座り込んでしまう。

「うっわぁぁ～～……んだよ、あれ」

前髪をぐしゃぐしゃと掻《か》き、政近は呻《うめ》き声《ごえ》にも似た声を上げた。そして、絞り出すよう

にしてポツリと呟《つぶや》く。

「……反則だろ、あんなの」

自分でも、はっきりと頬が熱を持っているのが分かるし、馬鹿みたいに心が浮き立っているのも分かる。耳元で、心臓の鼓動がドクドクとうるさい。自分でも嫌悪感しか抱かなかった醜い嫉妬を、受け入れられた。あまつさえ、あんな……

「〜〜〜〜！　うぎぃいい〜〜〜！」

頬を押さえ、その時の感触を思い出して激しく身悶《みもだ》えする。体をぐねらせ、額をゴリゴリと壁に押し付ける。と、そこで不意に階下から聞こえてきた複数の声で、政近は我に返った。

「っと、と……」

慌てて立ち上がり、ズボンを手ではたいて汚れを落とす。それから逃げるように近くのトイレに入ると、政近はそこでしばらく頭を冷やすことにした。そうして、多少気分が落ち着いてから、ぎこちない足取りで音楽室に戻る。

「お、戻ってきた」

すると、毅が待っていたかのような素振りを見せ、政近は小首を傾げた。

「……何かあったか？」

「いや、何かっていうか……さっき話してたんだけどよ。みんな、名前で呼び合わないかって」

「あぁ……いいんじゃないか？」

再び心が波立つのを感じながらも、政近はそれを表に出さないようにして頷《うなず》く。それに対して、毅はニカッとした笑みを浮かべてみせた。

「おお！　やっぱいいよな！　青春って感じで！」

その無邪気な笑みに少しばかりの苦笑を返すと、そこで光瑠が声を掛けてくる。

「言っておくけど、政近もだよ？」

「え？」

「え？　って……政近だって、〝Fortitude〟の仲間じゃないか」

光瑠の言葉に、政近は一瞬呆気《あっけ》に取られ……その言葉を呑《の》み込んでから、はっきりと苦笑した。

「ああ……そうだな」

そう言って何気なくアリサの方を見ると、アリサは政近にだけ分かるように小さく肩を竦《すく》める。その姿と、先程もらった言葉に……政近の胸が、すぅっと軽くなった。

（ああ、そうだよな……まったく、何を嫉妬してんだか）

こんないい親友たちに、一瞬でも暗い感情を抱いてしまったことが恥ずかしい。それを誤魔化《ごまか》すように、政近は沙也加と乃々亜の方を向いた。

「えっと、じゃあ……沙也加、に、乃々亜……で、いいのか？」

「まあ……」

「いんじゃない？」

なんだか、かつて生徒会で一緒に活動していた二人とこんな形で距離が縮むとは思わず、政近はまた小さく苦笑する。気付けば、胸の中で燃え盛っていた暗い炎は消え去っていた。

「んんっ、それでは……政近さん」

「あ、はい」

「……なんだか、妙な気分ですね」

「ははっ、だな。中等部の頃あれだけ一緒にいたのに、今になってってのは……」

と、そこでなんだか、めらりと熱を感じた。

（あれ？　飛び火した？）

タラ〜ッと冷や汗を流しながらそちらに目を向けると、なんだかアリサが冷たい目でこちらを見ている。だが……

（待てよ？　これは反撃のチャンスじゃないか？）

先程散々翻弄された記憶が、政近の胸に悪戯心を湧かせた。そうして、政近はそれとなくアリサの方に近付くと、周囲に聞こえないようそっと囁《ささや》きかける。

「もしかして……妬いちゃった？」

こう言えば、アリサも恥じらって顔を背け——

「うっざ」

……ませんでした。めっちゃ睨《にら》まれました。

「あ、傷付く」

予想の十倍くらい強い返しをされて、政近は地味に落ち込むのだった。

◇

「そうですか、順調なようで何よりです」

とある高層マンションの一室に、スマホ片手に通話をする雄翔の姿があった。

「まあ、多少怪我人《けがにん》が出たりはするかもしれませんが……それくらいしないと意味がないでしょう？」

サラリと告げられた危険な発言に、スマホの向こうから反発の声が上がる。だが、雄翔は全く意に介した様子もなく、口の端を吊《つ》り上げた。

「まさか、今更やめるとは言わないですよね？　あなたがやめれば、副会長は……ふふっ、そうでしょう？」

その美しい顔を邪悪に歪《ゆが》め、雄翔は嗤《わら》う。相手の愚かさを嘲るように。それでいて、その声はどこまでも優しいままに、雄翔は甘く囁く。それはさながら、人を悪の道へと誘《いざな》う悪魔のように。

「では、予定通りにお願いしますよ……会長」

そうして、いくつもの人間の思惑が絡まり合う中、時は進み……遂《つい》に、学園祭の幕が開く。

第10話 意地と矜持

「それでは、第六十六回秋嶺祭《しゅうれいさい》、開催します！」

実行委員長のそんなアナウンスで始まった、征嶺学園《せいれいがくえん》の学園祭。一日目は外部客のいない身内だけの開催のため、実行委員もそこまで修羅場ることはない……というのは、甘い見積もりだった。

「久世《くぜ》さん！　次の出演者の準備が間に合わないみたいです！」

「その次は？」

「まだ来てません！」

「どのくらい持たせればいいですか？」

「えっと……」

「急いで訊《き》いてきてください。こちら進行。司会、今の出演者が退場した後、少し場繋《ばつな》ぎ出来ますか？　応答お願いします」

秋嶺祭では体育館、講堂、グラウンドと、三か所でステージ企画があり、それらの運営は主に実行委員会と放送部、それに演劇部の仕事だ。そして政近《まさちか》は、実行委員長直々のご指名で、講堂のステージ企画の進行を任されていた。もちろん交替制なので、進行は他にも二人いるのだが。

『こちらサブ進、あと二分欲しいそうです』

「了解です。司会、余裕を見て三分繫いでください。照明はステージ全部落として客席はそのまま、司会にスポットで。押してる分はこの後の休憩時間を削るので、交替予定の道具係は司会が繫いでる間に引き継ぎしといてください」

進行表とタイムスケジュールを睨みながら、トランシーバーでスタッフに指示を出す。それに対して、スタッフから短い了解が届いた。

スタッフの半数以上は政近よりも年上だが、彼らの声に政近を侮る色などひとつもない。それは、幾度も行ったリハで政近が積み上げた信頼の証《あかし》。政近の采配の下、講堂のステージ企画は多少のトラブルはありつつも、無事に次の進行との交替時間を迎えた。

「それじゃ、あとよろしくお願いします」

「ほ～い、お疲れ～」

三年生の実行委員に進行を引き継ぎ、政近は手早くお手洗いだけ済ませると、その足でグラウンドのステージ企画へと向かう。グラウンドのステージ企画の会場はカラーコーンで区切られ、ステージ前にはパイプ椅子が百席ほど並べられていた。その席にはまだチラホラと空きがあったが、政近は席に座らずその後方、カラーコーンギリギリの位置に立つ。

そうして間もなく、ステージ上に二つの席と司会台が用意され、見知った二人が姿を現した。

「クイズ研究部主催！　選挙戦クイズ対決〜！」

そして、最後に出て来たシルクハットをかぶったクイズ研部長が、企画の開催を告げる。

それを、政近は変わらず会場後方にて、立ち見していた。

これは特に、クイズ研部長からそう指示されたわけではない。ただ、このクイズ企画の全貌が不明な状況では、有事の際に即座に動ける態勢でいた方がいいという判断だった。

それは綾乃《あやの》も同じようで、いつの間にか政近から少し離れた位置で、まるで彫像のように真っ直ぐ棒立ちしていた。

「それでは早速、この企画の主役、二人の対戦者をご紹介しましょう！」

司会進行としての自己紹介を終えたクイズ研部長が、ステージ中央の解答者席に座る二人に手を向ける。すると、ステージ上のスクリーンに有希《ゆき》の顔が大写しにされた。

「日本の外交を担う周防《すおう》家のご令嬢！　将来の外交官はその知識量も伊達じゃあない！　政治経済芸能サブカル、どんな話題でもそつなくこなす！　その幅広い知識はクイズにも活《い》かされるのか!?　周防有希選手〜!!」

紹介を受けた有希が、観客席に向かって笑顔で手を振る。すると、観客席から歓声や指笛が響き、それに釣られるように続々と周囲の生徒が集まってきた。

「続いてぇ……転入以来、定期試験では未《いま》だ土付かずの不動の一位！　学年一の才媛。その称号に異を唱えるものはもはや誰もいないでしょう！　頭脳明晰《めいせき》文武両道、その才能は未だ底知れず！　クイズでもその不敗神話は続くのか!?　アリサ・ミハイロヴナ・九条《くじょう》選手～!!」

「いや司会上手《うま》っ」

政近が思わずそうツッコむと同時に、スクリーンに映し出されたアリサが、真面目な表情のまま軽く頭を下げる。有希とはある種対照的なあいさつに、先程に比べるとだいぶ熱量の落ちた、しかし温かい拍手と声援が送られた。

（ふ～ん……正直、もっと露骨に声援に差が出ると思ったんだけどな……思ったより、塩対応アイドルみたいな感じで受け入れられてるのか？　これは嬉しい誤算だな）

適当に拍手をしながらそんなことを考えていると、会場に向かっていた人の流れが少し収まった。元より、学園でも有名な美少女候補二人の直接対決という話題性もあってか、かなりの人数が集まっている。加えて、ちょうどお昼時ということも大きいらしい。集まった生徒はその多くが軽食を手に持っており、食事ついでに観戦する構えのようだった。

（席は満席、立ち見と会場外でチラチラ見てる生徒も入れれば、ザッと百三十人はいるかな）

現時点で、全校生徒の二割弱がこの場に集まっている計算だ。全員が最初から最後まで参加するわけではないだろうが、これだけいれば、この対決の詳細はすぐ全校生徒に伝わるだろう。

「それでは早速始めていきましょう！　今回のクイズ対決は、古き良きクイズ番組に選挙戦の要素も加えた、王道でありながらも画期的なルールとなっております。もちろん対戦者のお二人だけでなく、この場の全員が参加可能です。クイズは全て選択式問題で、記述式問題はありません。記述式問題だと、全員分の判定が大変ですからね」

少し茶目《ちゃめ》っ気《け》を込めてそう言ってから、司会は説明を続ける。

「シンキングタイムは、私が問題文を読み終えてから十秒！　クイズは六つのジャンルから出題され、各五問。それに最終問題を加えた、計三十一問で点数を競います。対戦者のお二人は別として、一番点数が高かった人には豪華賞品が出ますので、皆さん奮ってご参加くださいね？　では、肝心の参加方法ですが……その前に皆さんに、大事な注意事項があります」

そこで一拍溜《た》めて、司会は会場の全員に言い聞かせるように声を張った。

「当然と言えば当然のマナーですが、皆さんクイズ中はくれぐれもお静かに。対戦者のお二人に、答えやヒントを教えるような行為は厳禁です。見つかり次第、即刻退場。そのクイズは仕切り直しとさせていただきます。よろしいですか？　くれぐれも、お静かにですよ？」

司会の念押しに、徐々に観客の声が小さくなっていく。そして、観客が完全に沈黙したところで、司会は満足そうに笑った。

「皆さん、ご協力ありがとうございます！　それでは、皆さんスマホを使って、こちらのスクリーンに表示されたＱＲコードを読み込んでください。クイズ研特製の解答フォームに飛びます。会場の端の方にいくつか設置されてる立て看板にも、ＵＲＬとＱＲコードが載っているのでそちらもご利用ください」

案内に従い、政近も周囲の観客と同じようにスマホを掲げると、スクリーンに映し出された巨大なＱＲコードを読み込む。

（すげーな、わざわざこんなん作ったのか……って、ん？）

読み込んで、真っ先に表示されたページに、政近は軽く眉を上げる。そこには、『あなたは、どちらが生徒会長に相応《ふさわ》しいと思いますか？』という質問と共に、有希とアリサの名前が選択肢として並んでいたのだ。

（なんだこれ、アンケート？　これが選挙戦の要素なのか？　票の数だけ追加点が入る、みたいな？）

そんな風に思いながら周囲の様子を窺うと、他の観客も何人か、戸惑い気味に周囲を見回しているのが分かった。

「では、観客の皆さんが準備してる間に、対戦者のお二人にのみ存在する特別ルールをお伝えしましょう。先程お伝えしたように、これは選挙戦の要素も兼ね備えたクイズ。つまり、お二人のパートナーである君嶋《きみしま》綾乃さんと、久世政近さんにも、協力者として参加していただきます！」

しかしそこで急に自分の名前を呼ばれ、政近は慌ててステージ上に目を向ける。

「周防さんと君嶋さん、九条さんと久世さん、それぞれのペアには一度だけ、〝ヘルプコール〟を使う権利があります。これはその名の通り、自分のパートナーにヘルプを求める権利です。使いたい場合は、挙手をして『ヘルプ』と言ってください。スマホで十秒間だけ、パートナーと電話を繋ぎます。あ、会話の内容が聞こえるように、スマホはスピーカー状態にしてくださいね？」

司会の説明に、有希がスッと挙手をした。司会が指名をすると、有希のマイクで拡声された声が会場に響く。

「その場合、クイズの制限時間はどうなるのでしょうか？　それに、スピーカー状態にするということは、対戦相手にもアドバイスの内容が聞こえてしまいますよね？」

「おお、これは失礼しました。ヘルプコールをした場合、実際にアドバイスをもらうのは対戦相手の解答がロックされてから。つまり、クイズの制限時間である、十秒が過ぎてからになります。その後、十秒間の通話でパートナーにアドバイスをもらってから、改めてコールした側にのみ十秒間の解答時間を設けます」

「なるほど。では、同じ問題で二人共ヘルプコールを使った場合は？」

「ひとつの問題で、ヘルプコールを使えるのはお一人のみとなります。つまり、一人がヘルプを宣言した時点で、対戦相手はその問題ではヘルプコールを使えないということになりますね」

「分かりました、ありがとうございます」

「いえ、いいご質問でした。ちなみに、君嶋さんと久世さんが、このヘルプコール以外で対戦者にヒントを送るような行為は、当然禁止ですのでお気を付けください」

（ふ～ん……俺がアーリャに答えを教えられるのは一回だけ、か。ま、アーリャに分からない問題が俺に分かるのかって話はあるが……）

そんな風に考えながら、政近は画面に表示されている二つの選択肢に目を戻す。

（ま、普通にアーリャにしとくか）

そして、アリサの名前をタップすると、画面には「待機中……」という文字が表示され、読み込み状態になった。

「最後に、各問題の配点についてお話しします。実は、今回のクイズの配点は一律ではありません。各ジャンルの問題それぞれの、一般正答率によって配点が異なります」

「なに？」

その説明に顔を上げると、ちょうど司会が対戦者二人から観客の方を向いたところだった。

「皆さんも、クイズ番組で一度は見たことがあるでしょう？　一般正答率。高ければ高いほど簡単で、低ければ低いほど難問になるあれです。今回のクイズでも、我々クイズ研究部が一般正答率を独自に算出しております。多くのクイズ番組では、簡単な問題は十点。難しい問題は二十点といった点数配分をしますが……今回は、（百－一般正答率＝配点）という形式にします！　つまり、一般正答率が八十パーセントの問題なら、配点は二十点。逆に一般正答率が五パーセントなら、九十五点になるわけです！」

「それ、は……どうなんだ？」

つまり、簡単な問題ではほとんど差が付かず、難しい問題では一気に差が付くということだ。しかも、クイズは記述式問題ではなく選択式問題。となれば……

（超難問で、当てずっぽうのまぐれ当たりが怖いな。そこで一気に七十点とか入って、その後の問題が正答率九割超えの常識問題ばっかりとかだったら、もう絶対追い付けないぞ……ま、流石にそこまで偏ったバランスにはなってないだろうけど）

どうやら、この配点が一番の特殊ルールのようだった。

（まとめると、問題数は三十一問で、一問当たりの解答時間は十秒。各問題の配点は一般正答率で決まり、アーリャと有希は一回だけパートナーにヘルプを求めることが出来る、と）

総じて、配点のルール以外は、ヘルプコール含め特に目新しいものではない。他の観客も同じ意見なのか、既に若干説明に飽きた雰囲気が漂っていた。その空気を察したように、司会が対戦者二人に「何かご質問は？」と問い掛け、二人が首を左右に振ると、観客の方を向いて両手を広げる。

「お待たせしました。それでは始めましょう！　生徒会役員同士による、仁義なきクイズバトルを！」

そして、司会台へと移動すると、そこに置いてあるノートパソコンを操作した。

「それでは～……最初のジャンルは、《社会》！　第一問！」

その声に合わせ、スクリーンに問題文が表示される。

「七大陸最高峰の内、最も標高が低いのは次の内どれ⁉」

（ちょっと待て問題難しくない⁉）

政近が内心ツッコミを入れている間に、続いて選択肢が表示された。

「①ヴィンソン・マシフ、②キリマンジャロ、③アコンカグア、④コジオスコ、ではシンキングタイムスタート！」

「うわっ、マジか」

驚きが収まらぬ内に、スクリーンの右上に表示された十の数字がカウントを始め、政近は高速で頭を回転させる。

（えぇっと、まずキリマンジャロはないとして、コジオスコって聞いたことないな、どこだ？　いや待て、七大陸最高峰ってことは、大陸の広さからしてオーストラリア大陸と南極大陸が怪しいな。いや、南極って意外とデカいんだっけ？　となるとオーストラリア大陸最高峰が一番低そう……アコンカグアはたしかアメリカ大陸のどっちかだった気がするけど、ヴィンソン・マシフってどこだっけ……？）

二秒足らずでそこまで考え、政近は何気なくスマホに目を落とし……固まった。

「？　なんだこれ」

そこに、思わぬものが存在していたから。問題文と選択肢、それに右上の残り時間。ここまでは、スクリーンに表示されているものと変わらない。だが、問題文の上……そこに、スクリーンの画面上には存在しないものがあった。

それは、二つの四角い枠。その上に、それぞれ有希とアリサの名前が書かれている。

(えっと……？　あ、さっきの投票となんか関係があるのか？)

そう思い、試しにその四角や名前の部分をタップしてみるも、特に反応なし。謎の表示に一時、クイズのことも忘れて首を傾げる政近だったが、右上のカウントが残り四秒となったところで、自《おの》ずとその表示の意味は分かった。

「ん？」

有希の名前が書かれている側の四角に、④という文字が現れたのだ。その一秒後、アリサの方にも同じく④という文字が現れる。

(え、これまさか……二人の解答状況、か？)

政近と同じく戸惑いと困惑に声を漏らす観客が多々いたが、それも司会の「お静かに」という指示ですぐに落ち着く。

(つまり、これは仕様ってことだよな……？　っと、俺も解答しないと。うん、やっぱりこの聞いたことないコジオスコが怪しいよな)

有希とアリサが同じ解答を選んでいることにも押され、政近は④の選択肢をタップする。

その一秒後、カウントがゼロを刻み、選択肢がロックされた。

「そこまで！　それでは早速正解発表です！　正解はぁ～～……④！　コジオスコ！　見事、両者正解です！　こちらの問題、一般正答率は六十八パーセント！　よって、お二人に三十二点ずつ入ります！」

（？　普通、二人の解答を確認してから正解発表するんじゃ……って、あっ、そっか。解答席の前にスクリーンがないから、観客に二人の解答を見せられないのか）

二人の解答席は、普通に教室で使われている机にテーブルクロスを敷き、タブレットを置いただけの簡素なものだ。机の前面にはテーブルクロスが下がっているだけで、クイズ番組でよくあるような、二人の解答を表示する画面などはない。

（スクリーン上のあれはたぶん事前に用意した発表資料で、解答を映せないだろうし……だからこそ、こっちの解答フォームに二人の解答を表示した？　にしても、何か違和感が……）

そうこうしている間に、次の問題が出される。だが、政近は既に意識の半分以上を、この不可解な解答表示の考察に向けていた。この不自然な仕様には、何かがある。その直感に従い、政近は頭を回転させる。

（普通に考えれば、あの二人の解答を参考に出来るってだけだよな？　でも、そんな風にヒントを強制されても、クイズの楽しさを損なうだけ……自分の推しと同じ解答を選べる仕様？　それだったら最初のアンケートの意味も……いや、それなら二人の解答が両方表示されるのは意味が分からない。自分が選んだ方だけ見れればいい話で……）

「あぁ～っと、ここで不正解が出てしまいました！　正解は②！　九条選手見事正解！　周防選手の選んだ③は、残念ながらスチール缶のマークでした～！」

そこで聞こえてきた司会の声に、政近はパッと顔を上げた。なんと、早くもアリサが有希をリードしたらしい。

（やるな、アーリャ。これは、予習の成果が出たか？）

単純な教科書の知識なら、アリサは有希に負けない。だが、それだけではクイズには勝てないだろうと政近は予想していた。だから、政近はこのクイズ対決の企画が決まった後、所用でクイズ研の部室を訪れた際に、さり気なくそこにあったクイズ本のタイトルを見て全て覚えた。そして、後日用意したそれらをアリサに予習させたのだ。すると、アリサは政近が思う以上の完成度で、その全てを頭に叩《たた》き込んでみせた。

（恐らく一部の問題はあれらの中から出てるはず……多少アレンジは加えられてるかもしれないが、アーリャなら対応できる！）

パートナーの頼もしい姿に、政近は気分が高揚するのを感じた。ステージ上のアリサに、称賛と応援の意思を込めた視線を送る。が、アリサは油断なくタブレットに視線を落としており、政近と目を合わせることはなかった。

（……どうもやっぱり、肩肘張ってる感じがするな……最後まで集中が保てればいいんだけど）

一抹の不安を覚えながら、点数を聞き逃した政近は何点リード出来たのか確認しようとスマホに目を落とす。そして、どこにも有希とアリサの得点表示がないことに気付いた。

（あれ？　ステージ上にも……ないよな。やっぱ、聞き逃したのはマズかったか？）

軽く焦る政近だったが、幸いにしてすぐに二人の点数は明かされた。

「さて！　ひとつ目のジャンルを終えて、両者の得点は……周防選手が百四十八点！　対して九条選手は、百九十二点！　九条選手が一歩リードとなっています！」

「おお、思ったよりリード出来てる」

正直、最初の五問でアリサがリードしたというのは、政近にとって嬉しい誤算だった。だが、油断は出来ない。なぜなら、クイズのジャンル次第で一気に逆転される可能性が常にあるからだ。

特に、サブカルや芸能といった分野はアリサが不得意とするところ。政近としては、そういったジャンルが存在しないことを祈るしかないが……

「それでは続いてのジャンルに参りましょう！　二つ目のジャンルはぁ～……」

司会の言葉に、政近も自然と力が入る。

「……《理科》です！　第一問はこちら！」

ほっと安堵《あんど》の息を吐き、政近は再び謎の解答表示に意識を向けた。クイズ自体は、もうアリサに任せても大丈夫と判断したのだ。

（選挙戦の要素がある、ってことは……この見えている二人の解答を利用して、自分の推し候補を応援できるって考えるのが自然だよな？　最初のアンケートは、そういった選挙戦の要素を印象付けるため……？　普通に考えれば、推しが間違った答えを選んでる時に、観客席から合図を送るとか……でもそれはルール違反だし……）

あるいは、バレなければオーケーというやつなのだろうか。だがここでひとつ問題になるのは、対戦者の二人は恐らくこの仕組みに気付いていないということだ。この条件で、しかも十秒という短い制限時間の中で、有効な〝通し〟が出来るとは思えない。

（いや、逆にこの仕組みをなんとか伝えられれば……対戦者が①から④まで順番に解答を変更していって、正解の選択肢になった瞬間に協力者が頷《うなず》くとかでも、十分有効な通しになるか。これは……イケるんじゃないか？　それぐらいなら、周りにバレない通しは出来る）

選挙戦では、この程度の小細工《イカサマ》はバレなければ何も問題ない。多少露骨であったとしても、証拠さえ摑ませなければ、むしろ「どうやったのか分からないけどすごかった」と評価が上がる側面すらある。

（問題は……どうやってアーリャにこの状況を伝えるかだな。それにぶっちゃけ、さっきから問題の難易度が高過ぎて、通しが上手くいくか分からないんだよなぁ）

先程から問題は一応確認しているが、どれもネットを駆使したところで十秒では正解を導き出せるか怪しい問題ばかりだ。通しの時間を考えれば、実際に正解を調べられるのは多くて五秒程度か。

（う～ん、やっぱり通しは厳しいか……？）

そう思いつつも、せめてアリサにこの状況を伝えようと、ステージ上のアリサに目を向ける。だが、アリサは手元のタブレットに完全に集中している様子で、こちらを見向きもしなかった。

（……アーリャ？）

その、明らかに周りが見えていなさそうなアリサの姿に、政近の中で不安と共に焦りが膨れ上がる。

（いや、落ち着け……俺が焦ってどうする。アーリャが冷静じゃないなら、俺がまず冷静にならないと）

首を左右に振ってそう自分に言い聞かせると、政近は気分を切り替えてスマホに目を落とした。

（まずは、先に有希の方を確認しとこう。既に何かイカサマをしてるなら、解答にもその兆候が出るはず）

そう考え、スマホ上の有希の解答を注視しつつ、少し離れたところに立っている綾乃にも意識を向ける。だが、そのどちらにも特に不審な動きは見られなかった。

（特に最初と変わらず、か……ま、綾乃が自分からイカサマが出来るとは思えんけども）

有希に指示されたのならともかく、自分でイカサマを発想し、実行することは綾乃の性格上まずない。そういった邪道に走るには、綾乃はあまりに性根が善良過ぎる。

「さて、二つ目のジャンルを終えて、両者の得点は……周防選手が三百四点！　対して九条選手は、三百九十点！　九条選手が更にリードを広げる結果となっております！」

そこで聞こえてきた司会の言葉に、政近は「おおっ」と感嘆の声を漏らす。そして、ステージ上のパートナーに純粋な称賛を込めた目を向けた。

しかし一方で、当のアリサは、その視線を意識する余裕もないほど神経を張り詰めさせていた。

(今のところ、全問正解……予習の成果が出てる。大丈夫、私は勝てる。このまま、私一人の力で有希さんに勝ってみせる)

十秒という短いシンキングタイムと、その直後に行われる答え合わせによる緊張と安堵は、想像以上の速度でアリサの神経を削っていた。これでもまだ全体の三分の一なのだと思うと、最後まで集中が持つのか少し自信が揺らいでしまう。が、そんな自分の弱音をねじ伏せて、アリサは問題に集中する。

しかし次の瞬間、司会が口にした言葉によって、アリサの精神は大きく揺らいだ。

「続いてのジャンルは《トレンド》! 第一問はこちら!」

告げられたジャンルに、アリサの危機感が跳ね上がる。そして、その危機感が正しいことは即座に証明された。

「昨年一世を風靡《ふうび》したドラマ『探偵一家の休日』。第八話のこちらのシーンで主人公が言ったセリフが大きな話題となりましたが、そのセリフとして正しいのは次の内どれ!?」

(っ、知らない!)

ニュースで作品のタイトルくらいなら聞いた覚えがあるが、内容には全く触れていない。せめて表示されているドラマのワンシーンから、どんなセリフか推理しようとするも……

選択肢はどれも一部の単語や語順が違うだけで、内容自体はほとんど一緒だった。

（どういうセリフか知っていることは前提で、正しく記憶しているかを問う問題……？　こんなの、勘で選ぶしか……っ！）

一瞬、ヘルプコールの存在が頭をよぎる。が、アリサはすぐにその選択肢を排除した。

（大丈夫、普通のジャンルなら私は有希さんに負けない。仮にこのジャンルで逆転されようと、後から巻き返せばいい）

そう自分に言い聞かせながら、アリサは直感で答えを選んだ。そして、祈るような気持ちで答え合わせに臨む。が……

「正解は①！　あぁ～っと！　ここで九条選手初めての不正解！　周防選手がその差を一歩詰める展開となりました！」

不正解。その事実が、アリサの胃にズンと伸《の》し掛かる。否応なく心が揺らぐのを感じ、しかし鉄の意志で動揺を抑え込む。

（大丈夫。単純計算四分の一の確率で当たるんだから、勘でやっても一問か二問は当たるはず。二問正解できれば、仮に有希さんが全問正解でもそこまでリードはされないわ）

「第二問！　最近ＳＮＳで大人気のこちらのゆるキャラ、何県何市のご当地キャラクターでしょう？」

（大丈夫、二問。二問正解できれば……）

「第三問！　最近話題のこちらの便利グッズ、何をするための道具？」

（大丈夫、まだ……）

「おお！　ここで遂《つい》に逆転！　周防選手が九条選手を追い抜きました！」

（一問、次は当たるはず……）

…………………

「三つ目のジャンルが終わりまして、順位が入れ替わりました！　周防選手四百九十六点に対し、九条選手三百九十点！　いやぁこのジャンル、九条選手痛恨の全問不正解！　これは大きい！　それでは前半の三ジャンルが終了したところで、両選手にお話を聞いてみましょう！　ではまず周防選手から。見事な逆転劇でしたね？」

「ありがとうございます。思ったよりも問題が難しくて、驚きました。クイズ研の皆さんは、いつもこんな問題を解いてるんですか？」

「いやぁ今回の問題は我々も——」

司会と有希が何か話しているが、アリサはほとんど耳に入らなかった。焦点の合わぬ目でタブレットを凝視したまま、奥歯を嚙《か》み締《し》めるしかない。

意地を張った結果、一問では絶対にひっくり返せない点差が付いてしまったのだ。少なからず覚悟していたとはいえ、ここ一番で全問不正解という事態には、アリサも自身の直感の鈍さを呪うしかなかった。

「私は話題作りのためにああいったトレンドは押さえるようにしていますが……アーリャさんは少し、流行《はや》りものには疎かったのですね。あそこはヘルプコールを使う手もあったと思いますが……」

　と、そこで有希に自分の名前を出され、アリサは我に返った。タブレットから顔を上げ、アリサは真っ直ぐに有希を見る。有希もまた、淑女然とした笑みを浮かべてアリサを見ていた。

「苦手なジャンルと承知の上で、ヘルプコールを使わなかったのは意地ですか？　もしかして、わたくしが使わない限りは自分もヘルプコールは使わないつもりですか？」

　意地……たしかにそうだ。だが、それは有希への対抗心から来る意地ではない。これは、自分自身への意地だ。自分自身のために、この意地は貫かなければならないのだ。

「……あなたは、何のためにこの企画を受けたの？」

　アリサの逆質問に、有希は少し虚を衝《つ》かれた様子で瞬《まばた》きをする。そんな有希の答えを待たず、アリサは静かに続けた。

「私は、私自身の力を証明するためにこの企画を受けたわ。私が生徒会長候補として、政近君と共に立つに相応《ふさわ》しい人間だと証明するために。だからこそ――」

　そこで、アリサは机の上に置いてあった自分のスマホを手に取ると、それを裏返した。決して使わないという意志を、示すように。

「この勝負に、政近君を巻き込む気はないわ。この戦いの勝利も、敗北も、私一人のものよ」

　それは、追い詰められてなお輝く、凄絶なまでの覚悟。その誇り高い姿に、観客は目を奪われる。

「私は、私だけの力であなたに勝ってみせる。絶対に、負けない」

アリサの断固たる意志を込めた宣言に、その場の全員が呑《の》まれた。観客は誰もが、身動《みじろ》ぎすら躊躇《ためら》われる様子で息を潜め、司会ですら数秒言葉を失った。そしてそれは、アリサを遠くで見守る政近も同じだった。

「アーリャ……」

我知らず、パートナーの名を呼ぶ。その眩《まぶ》しい姿に、思わず目を細める。

(あぁ……かっこいいなぁ)

心からそう思う。自らが目指す理想の自分になるため、全力を尽くす姿は美しい。そのひたむきな努力は、何よりも尊いと心から思う。

(はは、イカサマなんて必要ない……か)

わずかな羞恥と共に、政近はスマホを下ろした。今の自分に出来ることは、パートナーを信じること。アリサなら、自分の力でこの劣勢を跳ね返せると信じ、見守ることだけだ。

(にしても……そっか、そんなことを思ってたのか)

最近妙に張り詰めたような様子だったのは、どうやら政近自身が原因だったらしい。あまり真剣に捉えていなかったが、有希の言っていたことは正しかったということだ。

(選挙戦経験者としてあれこれ手助けしてたのが、かえってアーリャを追い詰めちゃったってことなのかな……)

たしかに今思うと、かなり手取り足取り世話を焼いていた気もする。もしかしたらその過保護さが、アリサからすると不甲斐《ふがい》ないパートナーだと思われているように感じたのかもしれない。

(心配しなくても……お前はいつだって、俺の先を歩いているよ)

少しの切なさと共に、政近はステージ上のアリサを見つめる。ステージの上で輝くアリサと、それをただの一観客として見つめる自分。それが何かの未来を暗示しているようで、政近は妙な孤独感を覚えた。

「さ〜て、それでは仕切り直して、後半戦参りましょう!」

そこで司会が、勝負の再開を告げる。同時に、観客から熱の入った声援が上がった。もはやこの対決を見守る者は誰も、これがただの学園祭の余興のひとつだとは考えていない。これは、二人の対立候補によるプライドを懸けた真剣勝負なのだ。観客の熱い声援が、その事実を確かなものとして示していた。

「続いてのジャンルはぁ〜……《算数》!　第一問はこちら!　次の立体の、正しい展開図はどれでしょう!?　シンキングタイムスタート!!」

「うっわ」

出て来た問題の難易度に、政近は思わず引いた声を漏らす。

どう見ても、十秒で解ける問題ではなかった。選択肢の展開図を順番に頭の中で組み立てたとして、十秒では二つも組み立てられるかどうか。実際、残り二秒でほぼ同時に入力された有希とアリサの解答も、見事にバラけてしまっていた。

「そこまで！　正解は③！　あぁ～と！　なんとここで、今回初となる両者不正解です！」

「あ～らま……こりゃ仕方ないな」

これはもう、ほとんど運の問題だろう。そう考え、苦笑する政近だったが……

「ちなみに、この問題の一般正答率は十一パーセントでした！　いやぁ流石に十秒では難しかったですかねぇ」

「……あ？」

続く司会の言葉で、笑みがピシリと固まった。

（待て……今、なんて言った？）

背筋をぞくっとしたものが走る。耳に飛び込んできた明らかにおかしな情報に、呆《ぼ》けていた頭が一気に動き始めた。

（一般正答率十一パーセント？　いや、ありえないだろそんなの。当てずっぽうで答えたとしても、確率的には二十五パーセント。自力で正解できる人も多少なりともいることを考えれば、二十パーセントを切ることはないはず。それが十一パーセント？　そんなのまるで……）

まるで、有希とアリサの不正解の解答に釣られたかのような。

「!!」

そこに思い至った瞬間、政近は心臓が大きく跳ね上がる心地がした。一瞬息が止まり、怖気《おぞけ》に似たものがザッと全身を走り抜ける。

（待て、待て待て待てつまり――）

もはや、クイズの進行など意識する余裕はなかった。政近は口元に手を当てると、自らの思考に没入する。

（クイズの一般正答率は事前集計ではなく、ここにいる観客の正答率？　それってつまり、観客が配点を操作できるってことか？　いやでも、配点を操作したところで二人共正解したら何の意味も……って、馬鹿か俺は！）

あるではないか。有希とアリサ、どちらかが一方的に有利になるよう配点を操作する方法が。今、目の前に。

（この解答表示は、そのためか!!）

極端な話、この場の全員がアリサの解答を真似《まね》したらどうなるだろうか。当然、アリサが正解した場合は、観客も全員正解になるのだから一般正答率は百パーセント。つまり、配点はゼロ点だ。そしてもしアリサが不正解で、有希が正解した場合。恐ろしいことに、一般正答率はゼロパーセント。有希にだけ一気に百点が入ることになる。そしてその点差は、その先アリサがいくら正解を積み重ねようと、決して埋まることはない。

（は、はは……こりゃたしかに選挙だわ。観客一人ひとりが投じる、解答という名の投票。それ次第で、アーリャと有希の得点が変わっちまうんだからな）

恐らく、観客の中でもこの事実に気付いている者は多くない。少なくとも、今はまだ。

だが、気付く者が増えたらどうなる？　ここにいる観客の内、有希の支持者は一体どれだけいる？　まず、アリサの支持者よりもだいぶ多いのは間違いない。なら、今すべきは――

（協力者を集めて、有希の解答をひたすらトレースしてもらう！　それでなんとか得点の偏りを減らす！　それと、もうひとつ――）

思い付いて、政近は即座に行動を開始した。スマホをホーム画面に戻すと、電話帳を呼び出す。同時に、一旦会場を離れるべく、踵《きびす》を返した。

……この政近の判断自体は、間違いではなかった。ただ政近にとって誤算だったのは……自分よりも遥《はる》かに早く、この得点のシステムに気付いた者がいたこと。

「おっと、ごめんね久世くん、止まってくれるかな」

「っと……？」

振り返ってすぐのところに、見覚えのある女子生徒が立ち塞がっていた。出端を挫《くじ》かれ固まったところで、これまた見覚えのある女生徒二人に左側と背後を固められる。

「キミらは……」

この三人は、友人の友人という形で何度か顔を合わせたことのある相手だった。その彼女らが、政近の行く手を遮るということは、つまり――

「申し訳ございません、政近様。余計なことはせず、大人しくしていていただけますか？」

突如、すぐ右横からその声が聞こえたと思った瞬間、スマホを持った右腕をぎゅっと摑まれる。振り向けば、いつからそこにいたのか。無表情でこちらを見上げる、見慣れた少女の姿が見えた。

「お前……そう、か」

この場にいる百人を超える生徒の内、このクイズの得点ルールに真っ先に気付いたのは……政近でも、観客席の誰かでもなく。

「非礼は重々承知しております。ですが、全ては有希様の勝利のため……このクイズ対決が終わるまで、政近様の身動きは封じさせていただきます」

有希のパートナーである、綾乃だった。

第11話　勝者は？

原因は、いくつかあった。

政近《まさちか》と違い、綾乃《あやの》は二人の得点を注視していたために、クイズの難易度と一般正答率が釣り合っていないことにいち早く気付けたこと。この場にいるほとんどの生徒と違い、綾乃はクイズ番組というものを観たことがなかったため、「一般正答率＝事前に集計されるもの」という思い込みがなかったこと。そして、何より……綾乃は有希《ゆき》と政近の従者として、主人《政近》の行動を先読みすることに長《た》けていたこと。

『あの、有希様……なぜ、わたくしを選挙戦のパートナーにお選びになったのでしょう？』

それは、一学期終業式の生徒会役員あいさつを終えた後に、綾乃が有希に投げ掛けた質問。自分が、有希や政近、それに他の候補者と比べても凡庸であると自覚しているが故の、身を引くことすら覚悟した問い掛けだった。

『有希様であれば、もっと優秀で、人望もあるパートナーを望めるのではないかと……』

それは卑下ではなく、冷静な自己分析を経た上での純粋な進言。綾乃が大きな覚悟と共に告げた言葉に、有希はあっけらかんと答えた。

『ん？　まあたしかに、人気取りという観点からすれば、もっと票を集められる人はいるけど……でも、それじゃあお兄ちゃんには勝てないでしょ？』

そして、不敵に笑いながら言ったのだ。

『この世であたしと……そしてお兄ちゃんの考えを読むことに関して、綾乃以上に優れた人はいないよ？　だから……綾乃はあたしの最高の右腕であると同時に、最強の対お兄ちゃん兵器なんだよ』

有希のその言葉は、綾乃の胸に深く刻み込まれた。そして、その言葉を胸に、綾乃はこのクイズ対決が始まってすぐに、政近の思考を読むことに全力を費やした。

今自分の手元にある情報を基に、政近ならどう考え、どう動くか。これらの情報から、政近ならどういう結論を導き出すか。普段ならば政近《主人》を助けるために行う先読みを、今回は政近《対立候補》を妨害するために行ったのだ。

そうしてその結果、綾乃は政近に大きく先んじて、二つの行動を起こすことに成功した。ひとつは、友人を呼んでの政近への直接妨害。そしてもうひとつは……その友人達の協力も得た、得点操作だった。

「周防《すおう》さんを選んで、と……あ、入れた入れた。これで、あとは九条《くじょう》さんの解答を真似し続ければいいんだよね？」

「はい、お願いします」

「りょ～か～い。さっきクラスの人達にも声掛けたから、みんな結構協力してくれると思うよ？」

「というわけでごめんね〜久世《くぜ》くん。これも選挙戦だから、さ」

「まさか生徒会役員が、か弱い女生徒を力任せに押しのけるような乱暴なこと、しないよね？」

政近の周囲をガッチリと固めながら、嘘臭い笑みを浮かべる三人の女生徒。無表情のまま、政近の右腕を掴む綾乃。

「手荒なことはしたくありません。そのまま、スマホをポケットにしまっていただけますか？」

「手荒なこと……？　具体的に、何をするつもりかな？」

まんまと出し抜かれた自分への苛立《いらだ》ちを笑みに変え、政近はうっそりと笑った。

(たとえ四対一だろうと……女子四人で俺に勝てるとでも？)

そんな意思を込めて、政近は周囲の女生徒に冷徹な視線を向ける。漂う危険な気配に、綾乃以外の女子が笑みを引っ込めた。

「もし、指示に従っていただけない場合……」

そんな中、綾乃は表情ひとつ変えず、政近を真っ直ぐに見て告げる。

「わたくしが、政近様にキスをします」

「しまった。は〜いしまった。しまいましたぁ〜」

瞬でスマホをズボンのポケットに突っ込み、ついでに降参とばかりに両手を上げる。そして綾乃に指示されるまま回れ右すると、大人しくステージに向き直った。

「そのまま余計なことはせず、大人しく行方を見守っていてください」

「は～い」

両手を下ろしながら、聞き分けよく頷《うなず》く政近。無論、それはあくまで表面上のことで、頭の中では今なお反撃の策を練っている。その糸口を、政近は先程のやりとりの中で既に得ていた。

（全容は摑《つか》めた……と、思う。あとは、それをどうやってアーリャに伝えるか……）

頭の中で考えをまとめながら、政近はステージ上のアリサに強い視線を送る。が、やはりアリサがその視線に気付くことはない。

「さて、四つ目のジャンルが終わりました。気になる両者の得点はぁ～……周防選手が五百七十点！　そして九条選手が四百九十二点！　依然、周防選手がリードしております！」

（追い付けない……あと、十一問しかないのに……）

先程のジャンル、正答数で言えばアリサの方が一問多かった。が、思ったより点差が縮まらなかったのだ。

（今の感じだと……追い抜くにはあと三問？　ううん、それ以前に有希さんが間違わなかったらもう絶対に追い付けない……）

腹の奥からじりじりと、焦りが湧き上がってくる。

（っ！　ダメ！　考えても無駄なことは考えない！　とにかく目の前の問題に集中！）

そうやって再び神経を集中させようとするが、次々と休みなく襲い掛かってくる高難易度の問題に、流石に脳が疲労を訴え始めていた。

「では五つ目のジャンルに参りましょう！　ジャンルは……《ひらめき》！」

（ひらめき……？　なんか、また頭を使いそうな……）

そういう嫌な予感ほど、よく当たるもので。次の瞬間画面に表示されたのは、数字の羅列だった。

「次の数字は、ある法則に従って並んでいます。1、2、2、1、2、1、2、□、2、2、2、1。□に入る数字は何？　①1、②2、③3、④4、シンキングタイムスタート！」

（えっと、こういう時はまず数字の個数を数える！　いち、にぃ……全部で十二個！　十二個あるもの？　十二カ月？　そう！　旧暦は⁉　睦月《むつき》、如月《きさらぎ》……違う！　じゃあ英語？いや、もっと単純な……他に十二個あるものって…………！　干支《えと》！）

頭の中で干支を順に読み上げ、数字がその字数になっていることを突き止める。

（うま、ひつじ……三文字だから③！）

そして、残り一秒でギリギリ③をタップした。直後、無事正解を告げられるも、有希もまた正解していたため点差は縮まらない。

焦りが、這《は》い上がってくる。

（ダメ……集中。集中、しないと）

頭の中でチラつく〝敗北〟の二文字。それを必死に振り払おうと、一度ぎゅうっと目をつむる。そうして目を開いた瞬間、タブレットに次の問題が表示された。

「第二問！　この会場の入り口に設置されている、プログラムが書かれた立て看板には星がいくつ――」

「ヘルプ」

真横から聞こえた声に、思考が止まる。フリーズした頭のまま声がした方を見ると、そこにはうっすらと笑みを浮かべて右手を挙げる有希の姿。

「シンキングタイムスタート！」

そこで司会の声が聞こえ、アリサは我に返った。そうして改めて問題文を読んで……

「なに、これ」

呆然《ぼうぜん》とした声を漏らし、アリサは顔を上げる。遠くに見える、ステージ企画のプログラムが書かれた立て看板。だが、そこにいくつの星が描かれているかは分からない。分かるはずがない。なぜなら、ステージからは立て看板の裏側しか見えないのだから。

「そこまで！　タイムアップです！」

そして、聞こえてくる無慈悲な声。慌ててタブレットを見下ろすも、既に選択肢はグレーアウトして選択不可になっていた。

「ふふっ、ひとつの問題でヘルプコールが使えるのは、先に宣言した方だけ」

愕然《がくぜん》とするアリサの耳に、笑みを含んだ声が聞こえる。そちらを振り向けば、有希がはっきりとした勝利の笑みを浮かべてこちらを見ていた。

「このルールを聞いた時点で、あると思っていましたよ？　ヘルプコール前提の問題」

そうして、容赦なくアリサの心に追い討ちを掛ける。

その笑みが、目が、はっきりとひとつの事実をアリサに告げていた。アリサの脳裏に、数分前の有希の言葉が蘇《よみがえ》る。

『もしかして、わたくしが使わない限りは自分もヘルプコールは使わないつもりですか？』

（あの、休憩中の質問は……私が、どこでヘルプコールを使うつもりなのか探るためにではなくて……）

そんな意図が込められているとも知らず、アリサは馬鹿正直に答えてしまった。ヘルプコールを使うつもりはない、と。

（あの時から、ずっと有希さんの手のひらで踊らされて……）

ぐらりと、視界が大きく揺れた気がした。

「それでは十秒間、準備はよろしいですか？」

「はい」

ぼんやりとした視界の中、有希のスマホを手に持った司会が画面をタップし、そのスピーカーから綾乃の声が聞こえ始める。

『有希様、星は七つです。正解は③です』

「そう、ありがとう綾乃」

間違いようがない。だって、綾乃は今スマホの向こうで、実際に立て看板を確認しているのだろうから。

パートナーに優しくお礼を告げ、悠々とタブレットをタップする有希。結果は当然。

「周防選手正解！　この問題の一般正答率は二十六パーセント！　得点は七十四点です！」

「は……？」

七十四点？　と、いうことは……今、百五十二点差？

あまりにも絶望的な数字に、アリサは今度こそ視界が大きくゆがむのを感じた。

無理だ。とてもではないが、あと九問で逆転できる点差ではない。いや、そもそもここまで、水面下ではずっと有希に盤面をリードされていたのだ。今から足掻いたところで、もうどうにも……

「それでは第三問！」

司会が次の問題を読み上げているが、耳に入ってこない。視界に入っているはずの問題文を、脳が全く理解しようとしない。絶望と諦念に埋め尽くされ、脳が完全に働きを停止していた。ただぼんやりと、時間が経《た》つのを待つのみ。そんなアリサの耳を、

「ヘルプ！」

遠くから、パートナーの大きな宣言が叩《たた》いた。

◇

（うわ～おめっちゃ注目されてる。まあ、当然か）

右手を高く挙げて声を張り上げた途端、政近は会場中の注目が一気に自分へ集まるのを感じた。

立ち見の生徒はもちろん、パイプ椅子に座っている生徒も体をひねってこちらを見ている。あと、未《いま》だ周りを囲んでいる女子達も。まあ、彼らからすれば唐突に意味不明な大声が上がったのだから無理もないだろう。

（だが……ルール違反じゃないぜ？）

有希がヘルプコールのルールについて話しているのを聞いて、政近も思い出したのだ。その前に、司会が話していたルールを。

『周防さんと君嶋《きみしま》さん、九条さんと久世さん、それぞれのペアには一度だけ、〝ヘルプコール〟を使う権利があります。これはその名の通り、自分のパートナーにヘルプを求める権利です。使いたい場合は、挙手をして〝ヘルプ〟と言ってください。スマホで十秒間だけ、パートナーと電話を繋《つな》ぎます』

（ヘルプコールは、それぞれのペアに一度だけ使う権利がある。対戦者が使わなければいけないなんて、一度も言われていない！）

その意思を目に込めて、司会にじっと視線を送る。すると、司会も遅ればせながら口を開いた。

「えぇ～九条選手のパートナーである、久世さんからヘルプコールの使用が宣言されました。宣言は対戦者がしなければならないというルールはないので、何も問題はありません。えっと、周防選手の解答も済んでいるようなので……早速電話を繋ぎましょう。久世さん、九条さんのスマホに電話を掛けてもらえますか？」

　司会のその言葉に手を振って応えながら、政近は小声で隣の綾乃を牽制《けんせい》する。

「聞いての通り、これはゲームのルールに則《のっと》った行動だ。まさか、こんだけ多くの生徒が見ている前で、有希のパートナーであるお前が泥臭く妨害なんてしないだろうな？　そんなん絶対しらけるし、有希の顔に泥を塗る行為だもんな？」

　政近の言葉に、綾乃が動揺し困惑した様子で瞳を揺らす。他の三人の女子も、判断に迷った様子で綾乃を窺《うかが》った。そうやって、彼女らがどうするか決めかねている間に、政近は素早くアリサに電話を掛ける。

「来ました！　では九条選手、用意はよろしいですか？　制限時間は十秒です」

　アリサのスマホを手に取った司会がそう尋ねるが、遠目にもアリサの反応は鈍い。どこか途方に暮れた様子で、こちらを見ているアリサの視線を感じる。そんなパートナーを、政近は迷いのない瞳で真っ直ぐに見返した。

（安心しろ、お前は間違ってない。お前の誇りは、意地は、無駄じゃなかった。お前がこれまでヘルプコールを使わなかったおかげで、道が開けたんだ）

　だからこそ、政近が掛ける言葉は決まっている。あの誇り高いパートナーの意地を、台無しにするようなことはしない。この十秒で伝えるのは、今出ている問題に対するヒントなんかじゃない。

「それでは、スタート！」

司会がスマホの画面をタップする。二人のスマホが、繋《つな》がる。この十秒で、伝えるべきは――

「アーリャ！　こっから先は残り時間ギリギリで解答しろ！」

敵の策を潰す策。そして……一時的に立《た》ち竦《すく》んでしまっているアリサの、背中を押す言葉だ！

「アーリャ！　お前は生徒会長に相応《ふさわ》しい人間だ！　俺が保証する！　だから最後まで諦めるな!!」

そこで、十秒が過ぎた。周囲の人間は一部を除いて、政近が伝えた一見なんのヒントにもなってない言葉に、戸惑いと困惑に満ちた視線を交わしている。だが、そこで彼らの疑問に答える声が聞こえた。

「なるほど……」

その声を発したのは、ステージ上のアリサ……ではなく、有希。

「先程の問題の時点でおかしいとは思っていましたが……そういうことですか」

ゆっくりと前置きをして、この場の視線を政近から自分へと移動させる。そうしてから、有希は観客に視線を巡らせ、決定的な言葉を口にした。

「もしかして皆さん、わたくしとアーリャさんの解答が見えています？」

ざわりと、抑えようとする間もなく観衆に走った動揺。それが何よりの証拠。

悠然と笑いながら、有希はなおも続ける。

「このクイズにおける一般正答率とは、今ここにいる皆さんからリアルタイムで集計したもの。そうであるならば、正解発表の後になって一般正答率が明かされることにも、先程の問題で一般正答率が非常に低かったことにも、納得がいきます。そもそも先程の問題自体、この場でなければ成立しない問題でしたしね」

くすくすと笑いながら、隠されていたルールを詳《つまび》らかにしていく有希。そのルールに気付いていなかった多くの観客が、驚きと興奮を露《あらわ》にその言葉に聞き入る。

「つまりこのクイズは、観客の一人ひとりが正答率を操作することで、わたくし達に入る得点を操作できるクイズ。たしかに、選挙戦の要素が組み込まれていますね。面白いルールだと思います」

チラリと司会に目を向けてそう言ってから、有希は椅子から腰を上げると、自分の胸に手を当て、真摯な態度で観客に語り掛けた。

「ですが……わたくしは今、アーリャさんと正々堂々、真剣勝負をしたいと思っています。今のわたくしの言葉を聞いて、わたくしを応援するために解答を操作しようと考えた方。もしそんな方がいらっしゃれば、お気持ちは嬉《うれ》しいです。ですが、それはやめてください。わたくし達の勝負に、手出しは無用です。わたくしの勝利を信じて、どうか静かに見守っていただけませんか？」

小細工なしの一騎打ちを望む有希の言葉に、観衆から感嘆の息が漏れる。その一見高潔な姿に、多くの人が魅了された。が、政近はそれを苦虫を噛《か》み潰《つぶ》したような顔で見ていた。

（チッ、上手《うま》いなぁ……流石に上手い。そもそも俺のさっきのアドバイスで、アーリャに不利な得点操作なんてもう出来なくなってんだ。なら、あえて自分から全部バラしてイカサマをやめるよう言って、有能で高潔な自分をアピールってか。さっきの休憩時間でアーリャに惹《ひ》きつけられてた観客を、一気に引き戻しに掛かったな？）

　実際、その思惑は見事にハマっているようだ。先程までの、アリサの逆転劇を密《ひそ》かに期待するような空気は一掃され、今はすっかりどちらも応援しようという空気になっている。

「他の皆さんも、お願いします。ここからは、わたくし達の解答は見ずに、純粋にクイズに参加していただけませんか？」

　可憐《かれん》に振る舞う有希のお願いに、観客は誰からともなくその言葉に従い始めた。各々、手やハンカチでスマホの画面の一部を隠すことで、自分の中立性を示していく。有希はものの一分で、この場の観衆を全員動かし、勝負のルールを変えてしまったのだ。

「ンンッ！　えぇ～……よろしいですか？　仕切り直しましょう」

「ええ、中断させてしまって申し訳ございません」

　司会が声を上げ、有希は一礼して謝意を示すと、椅子に腰を下ろす。それに、司会も微苦笑で応えた。

「いえ、では九条選手の解答からです。改めて、十秒間スタートです！」

ヘルプコールを終え、改めてアリサに十秒の解答時間が与えられる。先程の政近の言葉は、この問題に関してはなんのヒントにもなっていない。だが、アリサの解答に迷いは一切なかった。ものの二秒ほどで解答を終え、アリサはゆっくりと口を開く。

「ありがとう、政近君」

会場に、アリサの感謝の言葉が響く。同時に、力強い輝きを取り戻した青い瞳を向けられ、政近はアリサが忘我から醒《さ》めたことを理解した。

「そして、感謝するわ、有希さん。私と真剣勝負を望んでくれて……これで正々堂々、あなたに勝てるわ」

「ふふっ、それはこちらのセリフ、ですよ」

二人が闘志に満ちた視線を交わし、観客がまた盛り上がる。

「両者の解答が揃いました！　正解は……④！　見事、両者正解です！」

そして、すぐに両者譲らぬ攻防を見せつけられ、歓声とどよめきは更に高まった。

クイズ中は静かに、という司会の注意などもうすっかり誰も気にしていないが、既にその注意も意味を失っていた。

「そう警戒するな綾乃。もう何も小細工する気はねーよ」

肩を竦《すく》め、隣をチラリと見下ろすと、綾乃は無言で瞳を揺らす。

「あとは、アーリャに任せるさ。お前も、有希を信じて見守ってやれ」

判断に迷っている様子の幼馴染《おさななじ》みから目を逸《そ》らし、政近はステージ上に目を向けた。

実際、政近の言葉に嘘はない。政近はもう、これ以上何をするつもりもなかった。もうやるべきことはやり、伝えるべき言葉はきちんと伝えたのだから。

今もなお、綾乃の呼び掛けに応じた有希側の人間が続々と会場に集まってきているが、もはや彼らには有希を利する行動は出来ない。むしろ政近からすると、彼らの存在は歓迎すべきものだった。

「さて、五つ目のジャンルが終わりました！　あと六問を残して、両者の得点はぁ～……周防選手！　七百七十六点！　九条選手！　六百八十点！　周防選手がまだ大きくリードしていますが……ここからは、難易度が更に跳ね上がります。恐らく配点も大きくなるので、九条選手にもまだまだ逆転の余地はあります！　六つ目のジャンル！　ジャンルは、《超難問》！」

その司会の言葉は正しく、そこからは配点が六十点を超える問題が続いた。しかし、そうなると有希やアリサも全問正解とはいかず、互いに不正解が出始める。それでもなんとかアリサが意地を見せ、ここで三問正解。二問正解の有希にまた一歩近付いた。

「いやぁ素晴らしい熱戦！　手に汗握るこの激戦も、最終問題を残すのみとなりました！　六つ目のジャンルを終え、現在の得点はぁ～……周防選手！　九百四点！　九条選手！　八百八十点！　その点差わずか二十四点です!!」

凄《すさ》まじい接戦に、会場の盛り上がりもピークに達する。そんな中、政近はふっと安堵《あんど》の息を吐いた。

「流石はアーリャ。お見事」

スマホをしまい、小さく拍手する政近に、綾乃が怪訝《けげん》そうな目を向ける。

「安心するには、まだ早いのではありませんか？　まだリードしているのは有希様です」

綾乃の当然の疑問に、しかし政近は断言で返した。

「いや、もう終わりだよ。アーリャの勝ちだ」

確信を持ったその言葉に、綾乃が瞠目《どうもく》する。それに少し目をやり、政近は言った。

「お前、クイズ番組観たことないんだろ。だからこそ、一般正答率がリアルタイムで集計されてるっていち早く気付けたんだろうが……だからこそ、お約束が分かってないな」

「お約束、ですか？」

「ああ、古き良きクイズ番組ってのは……最終問題で、大逆転できるようになってるものなんだぜ？」

政近の言葉に、綾乃は瞳を揺らす。だが、すぐに真っ直ぐ政近を見返すと、負けじと言い返す。

「そうだとしても、有希様が正解されれば決して逆転されることはありません。わたくしは、有希様を信じております」

「信じたところでどうにもならんよ。なんせ、お前がたくさんお仲間を呼んだおかげで、絶対に二十四点以上差がついているし」

「？　それは、どういう……？」

それには答えず、政近はステージ上に視線を戻した。釣られるように、綾乃も前に向き直る。

元よりこの配点ルールは、それに気付くことさえ出来れば、支持者が多い側に圧倒的に有利なルールだ。言ってしまえばフェアではない。ならば、支持者が少ない側が、逆に大量得点できる機会もあって然《しか》るべきだろう。そしてそれが、たった一問だけ独立している最終問題だとしたら？　そうだとしたら、その問題とは何か。答えは、クイズが始まるよりも先に出ていた。

『あなたは、どちらが生徒会長に相応しいと思いますか？』

（あるいは……有希がこの質問を知っていたら、気付けたのかもしれないけどな）

だが、もう遅い。既に、二人の支持率は確定している。

「それでは最終問題！　最終問題はぁ～……こちら！」

司会がスクリーンに向かって大きく手を振り、最後の問題が表示された。

「あなたは、自分が生徒会長に相応しいと思いますか!?　『はい』か『いいえ』でお答えください！　シンキングタイムスタート！」

あまりにも異質な最終問題に、観衆が大きくざわつく。その中で、政近はハッとした表情で顔を上げたアリサと、真っ直ぐに視線を絡めた。そして、小さく、力強く頷《うなず》く。

【К победе《勝て、》Аля《アーリャ》！】

その小さな言葉が、聞こえたわけではないだろうが。

アリサは少し困ったように、それでいて嬉《うれ》しそうに笑うと、タブレットに指を置いた。

「そこまで！　両者解答が出揃いました！　それではここで……この最終問題に関する、配点についてお話ししましょう！」

司会の言葉に、全員の注目が集まる。視線を一身に浴びながら、司会は観客に向かって両手を広げた。

「クイズにご参加いただいた皆さんはご存知《ぞんじ》の通り、皆さんにはクイズ参加時に、周防選手と九条選手のどちらが生徒会長に相応しいか、アンケートに答えていただいておりました！　そしてこの最終問題は……ズバリ！　そのアンケートで集計された、お二人の支持率で配点が決まります！　そう！　この最終問題は、お二人で配点が違うのです！」

その言葉を聞いた瞬間、有希が全てを察した様子で口の端に微苦笑を浮かべた。そして、政近に向かって「やってくれたな」という視線を向けてくる。

「残念でした」

そう呟《つぶや》き、政近は有希にニヤリとした笑みで返した。

「この最終問題の正解は、当然『はい』です。自分が生徒会長に相応しいと断言できない者に、点数を手にする権利はありません！　そして正解した場合、（百－自分の支持率）が、点数として与えられるのです！」

つまり、これが支持者が少ない側に対する救済措置。支持率が低いほど最終問題の配点が高くなるという、一発逆転の特殊ルール。

最後にこのクイズ企画の全容を明かし、司会は最終結果の発表を行う。

「最終問題の解答は、両者『はい』！　そして、それぞれの支持率から算出された、お二人の得点は――」

エピローグ　誓い

「いやぁマジですごい熱戦だったなぁ。おひい様も惜しかったんだけど……」

「いやいや、でも正解数で言えばおひい様の勝ちだろ？　それに、問題解きながらあそこまでルールを解明してたんだぜ？　最後で逆転されたけど、内容的にはおひい様の勝ちじゃね？」

「正解数って言っても、あれは九条《くじょう》さんが《トレンド》で全問不正解したせいじゃん。それ以外のジャンルではほとんど九条さんが勝ってたし、クイズ勝負って点ではやっぱり九条さんの勝ちじゃない？」

「ルールの解明で言えば、すごかったのは綾乃《あやの》ちゃんよ！　みんなは知らないだろうけど、綾乃ちゃんすっごい早くにあの配点ルールに気付いてたのよ⁉」

「マジで？　でも、それを言うなら久世《くぜ》もすごかったよなぁ。あのヘルプコール使った時。オレ、最初マジで何言ってんのかと思ったんだけど……あれ、もしかしなくても最終問題の内容を読んでたってことだよな？」

「あぁそれな。俺も最後、マジで鳥肌立ったわ」

「わたくしはむしろ、九条さんのあの弁舌に胸打たれましたわ。劣勢にあってあの堂々たる振る舞い……わたくし、ファンになってしまいましたもの」

「あら、それでしたら周防《すおう》様もですわ。九条様の思いに応え、真剣勝負を望んだあの姿……とっても凛々《りり》しかったですわ」

「そうですね……なんだか終わってしまうと、結局誰が勝者だったのやらって感じはしますね」

「なかなか特殊なルールだったもんね。でも、面白かった！」

興奮した様子の観客の声を背に、政近《まさちか》とアリサはステージ裏でパイプ椅子に腰掛けていた。運営スタッフは次の企画の準備で忙しくしており、二人の周りには誰もいない。熱戦の余韻醒めやらぬ中、二人は特に言葉を交わすことなく、ただ並んで座っていた。

「私、あなたに相応《ふさわ》しいパートナーになりたかったの」

やがて、アリサがポツリと漏らした言葉に、政近は静かに耳を傾けた。アリサもまた、前を向いたままポツリポツリと言葉を紡ぐ。

「あなたは、たくさんの人に頼りにされてて……たくさんの人が、あなたのことを認めていたわ。そして……あなたと有希《ゆき》さんを、理想のペアみたいに……」

そこで言葉を詰まらせ、アリサは声に力を入れた。負けん気と闘志を滾《たぎ》らせ、力強く思いを語る。

「だから、私は自分の力を認めさせたかった。私だけの力で有希さんに勝って、私が、あなたに担がれるだけのお飾りじゃないって。私こそが、あなたのパートナーに相応しい人間なんだって。そう、認めさせたかった……」

尻すぼみに語気を弱め、アリサは眉を下げて政近を見た。

「でも……ダメ、だったわね。結局、あなたの力がなければ、私は負けてたもの」

そう自嘲気味に言って、アリサは顔を伏せる。その表情は銀の髪に隠れて見えなかったが、スカートの上で握り締められた両手は、その内心をはっきりと表していた。

（眩《まぶ》しい、な）

自らの非力を素直に認め、悔しがる姿に羨望を覚える。その高潔さを、心の底から尊いと思う。そして同時に、政近は予感した。

（いつか……アーリャは、俺のことを必要としなくなるんだろうな）

今焦らずとも、この先、アリサは多くの人を惹きつける。アリサのひたむきで誇り高い生き方に、多くの人が心動かされ、彼女を支えようと集まるだろう。その中心で、アリサは変わらず真っ直ぐに歩き続けるに違いない。そして……いつまでも過去に囚《とら》われている政近では、きっとそれに付いていくことは出来ないのだ。

（もし……）

もし今ここで、アリサの言葉を肯定すれば。「そうかもしれないな。でも、これからも俺が支えるから大丈夫だ」なんて、薄ら寒い言葉を並べれば。アリサは、政近を頼ってくれるかもしれない。政近の手を取り、「これからもよろしくね？」なんて微笑んでくれるかもしれない。

　でもそれは、してはいけないことだ。自分が一緒の速度で歩けないからって、本当は一人で歩ける人に、足を引っ張るような言葉を掛けていいはずがない。

（俺が今、すべきは……）

　政近は無言で腰を上げると、アリサの前に回り込み、その場に跪《ひざまず》いた。それはさながら、姫に忠誠を誓う騎士のように。

「アーリャ、お前は……最初から負けてなんかない」

　その言葉にアリサが少し顔を上げ、目の前で跪く政近に瞠目した。その瞳を一心に見つめ、政近はアリサの固く握り締められた両手を、優しく手に取る。

「ステージ上でお前が見せた意地は、誇りは、あの場の多くの人を惹きつけた。あの場の多くの人が、絶対にお前のことを応援したいと思った。だから、お前は最初から負けてなんかいなかったんだ」

　言葉を飾る必要はなかった。ただ本心からの言葉を、真っ直ぐに伝えるだけでいい。

「俺がやったのは、同じ副会長候補として綾乃と戦って……ゲーム上の勝利を引き寄せただけだ。そんなものよりずっと価値あるものを、お前は先に手に入れてた。あの場の人間を惹きつけたのは全部お前の力で、お前だけの成果だ。だから、何も悔しがることなんてない」

　政近の言葉に、アリサの瞳が揺れる。固く握り締められていた手が、きゅっと政近の手を摑《つか》んだ。

「本当に？」

「ん？」

「本当に……私は、みんなに認められたと思う？」

きっと、ずっと張り詰めていたのだろう。一人で悩んで、一人で戦っていた。そうさせてしまったのは、政近の未熟だ。

「ああ、間違いない」

その償いの意味も込めてそう断言するが、それでもアリサの憂いを払うには及ばない。

「どうして、そう言い切れるの？」

「それは……」

そこで一瞬言葉に詰まり、すぐにそんな自分を恥じる。言葉は飾らぬと決めた。その意志のままに、正直な思いを告げる。

「それは……他でもない俺が、ステージ上のお前に惹《ひ》きつけられたからだ」

政近の言葉に、アリサの目が大きく見開かれた。その心に届けと、政近は更に続ける。

「有希を正面から打ち負かすと宣言したお前は、誰よりもかっこよかった。そんなお前がパートナーであることを、心から誇らしく思った」

そして、政近は少しだけ寂しげな笑顔で、力強く告げた。

「だから、お前はこれからも堂々と進めばいい。お前の足を引っ張る奴は、俺が全員排除してやる」

たとえそれが、自分自身であろうとも。その言葉は、心の中でだけ付け加えた。

それに気付いたわけでもないだろうが、アリサは不意に、どこか泣きそうな笑みを浮かべる。

「……ありがとう」

そう囁くように言って、アリサは両手に握った政近の手を額に押し付けた。

「あなたが、私のパートナーでよかった」

心からのものと分かるその囁《ささや》きに、政近の心はツキンとした痛みを覚える。それを表に出さないようじっと耐えていると、アリサはそっと手を膝に下ろし、ふわりと笑みを浮かべた。

花咲くようなその笑みに、政近もまた心からの笑みで返す。そうして二人、穏やかな気持ちで見つめ合っていると……運営スタッフを務める実行委員の一人が、ステージ裏に戻って来た。

「っ、えっ!?」

そして、跪き、跪かれ、手を取り合う二人の姿を見て、ぎょっとしたように後ずさる。

そのまま数度瞬《まばた》きをし、ゆっくりと足を引き戻すと……困惑と照れが入り交じった様子で、頬《ほお》を掻《か》いた。

「えっ、と……プロポーズ、っすかね？」

「違っ、違うわよ！　これは、ただ脈を測ってもらってただけで……」

「いや、アーリャ。それは流石に無理がある」

政近が思わずツッコミを入れると、その同級生の運営スタッフは半笑いを浮かべながら後退した。

「あ、じゃあ、ごゆっくり……」

「ちょ、ちょっと！」

慌てて椅子から立ち上がるが、まさかステージ脇まで追いかけるわけにはいかず。

「〜〜〜〜！」

口の中で唸《うな》り声《ごえ》のようなものを上げながら、足を踏み出すかどうか葛藤するアリサ。それを横目に、同じく立ち上がった政近は苦笑いを浮かべる。

「いや、プロポーズって……そもそも俺ら、まだ結婚できないし。なぁ？」

同意を求める政近に、アリサは不服そうな顔のままじろりと目を向けた。

「結婚は、出来ないけど……婚約なら出来るでしょ？」

「いやいやマジレスすんな。どっちにしろねーよ」

「あら、私とじゃご不満？」

途端、アリサはここぞとばかりにニヤーッと小悪魔っぽい笑みを浮かべる。その顔に
「うっ」と息を呑《の》み、政近はとっさに一般論に逃げた。

「そうじゃなくて……単純に、高校一年で婚約とかありえないだろ」

「あらそう？　私は、心に決めた相手がいるなら別に構わないと思うけれど」

「へぇ？」

思わぬ返答に、政近は片眉を上げると、挑発的な笑みを浮かべる。そして、すかさず反撃に移った。

「この場でその返答は……暗に、催促してるようにしか思えないんだが？　ここは男らしく、婚約を申し込むべきですかねぇ？」

政近のどうだと言わんばかりの反撃に、アリサは小馬鹿にしたように顎を上げる。

「バ～カ」

そして、左手の指で髪を弄びながら言った。

Ни за что!

послесловие

あとがき

どうも、燦々SUN《サンサン》です。四巻ですっごく気になるところで引いておいて、半年以上待たせた燦々SUNです。これはその罰なのでしょうか。今回もあとがきが十二ページもあるようです。今回〝も〟という言い方に「あれ？」と思ったそこの貴方《あなた》。これは番外編である4・5巻のことを踏まえた話です。そちらを読んでいただいた方には分かるかと思いますが、今回も例によって特に得るものがない話が続きますので、興味がない人はどうぞ本を閉じてください。

さて、本当に困りました。まさか、二巻連続で十ページ超えのあとがきとは。前巻は謎のテンションで、勢いに任せて文章書き連ねてたら終わったんですけどね……おかげで何を書いたのか、今でも半分以上思い出せません。これ、ガチです。何を書いたのか確認することは容易《たやす》いですが、なんとなく黒歴史を作った覚えがあるので怖くて読み返すことが出来ません。今、私限りなく素のテンションなので。ちょっと勢い任せにあとがき書ける状態じゃありません。

いやまあ別に、無理にあとがきを書かずとも、普通にあとがきの後に広告入れればそれで済む話なんですけどね？　それはそれで違うかなぁと。個人的に、巻末に広告がいっぱい載ってるのってなんだか美しくない気がしますし。それに、自分で言うのもなんですがロシデレはなかなかのヒット作。そこに広告を載せるとなれば、それなりの宣伝効果が見込めるはず。ならば、無料で広告を載せさせてあげるのはおかしい気がしませんか？　そうだ、ロシデレに広告を載せるなら広告費を！　広告費を払えぇ〜〜い!!

……と、言いながら、いくら書いたところで一円にもならないあとがきをひぃこら言いながら書いている現状には、大いなる矛盾があるような気もしなくもない。はて、もしやこれが、世に言う本末転倒というやつか？　例えるならそう……

…………………………

…………………………

……………ん、まあいいか。上手《うま》い例えを思い付かなかった。マガポケで広告動画を垂れ流しながら考えたんだから当然か。あ、これもガチです。現在これを書いてるのは2022年の11月5日なんですが、今は一日三回まで広告動画を観《み》ることで開けられる宝箱（ポイントやチケットがもらえます）を開け終え、読んだらポイントもらえる漫画を高速スワイプしているところです。ちなみに今高速スワイプしてる漫画は……あれ？　なんだこの綺麗《きれい》で可愛《かわい》い絵柄は。え⁉　こんな美少女がこんなにステキなゴミを見る目を⁉　あ、あぁ～～～！　こ、この作品はぁ！

手名町紗帆《てなまちさほ》先生が描かれている、漫画版『時々ボソッとロシア語でデレる隣のアーリャさん』ではないかぁ!!

あ、これは嘘《うそ》です。クッッッソ寒いノリに自分で鳥肌が立ちました。いえ、漫画版のアーリャがめっちゃ綺麗で可愛くてゴミを見る目がゾクゾクしちゃうのは本当ですが、これ書いてる最中に高速スワイプしているという部分は普通に嘘です。だって日付が変わると同時に読んだもん。いえ、私はあらかじめネームも校了紙も見させてもらってますけども。

というわけで、前巻のあとがきで宣伝した……はず。あれ？　したよな？　記憶が曖昧でちょっと……あ、してるわ。よかったよかった。というか、背表紙側の帯にしっかり10月から連載開始って書いてあるね。ええ、その予告通り、マガポケで遂《つい》にロシデレのコミカライズが開始されております。いやぁ本当に毎回素晴らしい出来で、わたくし非常に感服しております。これはもう本当に心から。

コミカライズに関しては、作品によっては「漫画家が原作無視で好き勝手やってんじゃないか」とか「これ原作者本当に納得してるのか」とかいう憶測が出たりもしますが、ロシデレに関してはマジで原作者大満足です。他でもない手名町先生が「コミカライズは原作者さんに納得してもらえる形にするのが一番いいものが出来る」という信念の下に描いてくださってるので、私としても安心してお任せしています。ちょいちょい意見を出したり、逆に相談をもらったりもしていますしね。本当に、いい漫画家さんに恵まれたなぁと日々感じております。

というわけで、そんな原作者大満足な漫画版『時々ボソッとロシア語でデレる隣のアーリャさん』は、漫画アプリ〝マガポケ〟で土曜日に隔週連載されています。先ほど言ったように、毎日広告動画やポイントもらえる漫画をコツコツ読んでれば最新話を読むだけのポイントなんてすぐ貯《た》まりますので、皆さんも是非読んでみてください！

……あ、やべ。「な〜んも中身がない駄文が続く」って冒頭に書いておいて、思いっ切り大事な宣伝入れちゃった。ん〜…………よし、「ほっとんど中身がない」に書き換えとこ。あまり意味変わってない気がするけど、こういうのは気分の問題だ気分の。

というか、仮にも他社の漫画アプリの宣伝をこんなガッツリ入れてもいいのだろうか？とりあえず編集さんチェックだな……手名町先生のこともガッツリ書いちゃったから、手名町先生チェックも要るわ。ただでさえスケジュールめっちゃ押してるのに。これ以上余計な仕事を増やしたら、編集さんが鼻血を出して限界突破してしまうというのに。それはそれでちょっと見てみたい気も。

あ、マジで編集さんお忙しいらしいんですよ。なんせ、十二年ぶりに現れたスニーカー文庫大賞作の編集まで務めてらっしゃるそうなんでね。その重責たるや、私などには想像もつかないことでしょう。その重責に挑む意気込みを、編集さんはｎｏｔｅで語ってらっしゃったんですが、これがまたすごく熱い話でして。自らの山あり谷ありの半生から、その集大成として大賞作立ち上げに挑むと語るその話には、思わず胸が熱くなってしまいました。私も、自分の文章でこんな風に誰かを感動させたい……と思った結果のあとがきがこれです。ハハッ！

……いや、待てよ？　もしかすると、今からでも遅くないのかもしれない。今からでも、シリアスで激熱なエピソードを披露して、読者の胸を震わせることが出来るのかもしれない。

思い立ったが吉日。幸いまだページはたっぷり余ってる。よし！　やるぞ！　エヘンッ！　アッ、ンンッ！　ウンッ、ンンッ、ウェフン！　あぁ～……っし、ンンッん……よろしいか？

今、わたくしかつてないほど真面目な顔をしております。バックではピュヒョオォ～～という尺八の音に続き、カンッカカンッ！　という…………？　あれ？　何の音だあれ。拍子木？　えぇっと……「歌舞伎」「幕開け」「カンカン」っと……あ、拍子木っぽい。合ってるじゃんやるね私。教養があふれてるね。っと、ンンッ！

失礼しました。では改めて……真面目にドシリアスに、燦々ＳＵＮが小説家になろうで小説を書き始めるところから、どのようにしてロシデレ刊行に至ったのかをお話ししようと思います。

まず、私の小説家としての第一歩は、大学の研究室から始まります。最初からツッコミどころなのは分かりますが、まあ聞いてください。当時、私はなろう小説にドはまりしている大学院生でした。そして、私が所属していた研究室は、結果さえ出していれば割と自由な研究室でして。学生の「先生、研究室でＹｏｕＴｕｂｅ観てもいいんですか？」という問い掛けに、教授が「う～ん、まあ俺も見てるからなぁ」と答えるようなステキな研究室でした。おまけに休憩室に普通にお酒が並んでいることから、学部生には「あそこの研究室は酒飲めないと入れない」とかいう噂《うわさ》がまことしやかに語られていました。私がいる時点でその噂はデマなんですけども。ちなみに今、その休憩室には数々の学術誌に交じってロシデレが置かれています。もしかしたら、今の後輩たちの間では「あそこの研究室は酒飲みのオタクしか入れない」と囁《ささや》かれているのかもしれません。ああうん、ツッコみたいのは分かるからまあ待て。

それで、理系の大学生あるいは卒業生であれば分かると思うんですが、理系の実験ってものによっては結構待ち時間があるんですよね。私のやっていた研究なんかも、一度始めると最低十時間は掛かるんですが、その半分以上が待ち時間だったりしまして。当然その待ち時間も他の実験をしたり論文を読んだり講義を受けたりするんですが、それでも結構空き時間が出来てしまうんですよ。
もう察しがいい人は分かると思いますが、そうです。その空き時間に、私は小説を書き始めたのです。最初に書いたのは、二万字超の短編でした。ある日軽いお試しのつもりで書き始め、なんだかんだコツコツ書いている内に形になってしまい、それをまず研究室の先輩Mさんに見せました。このMさんはたしか二年上の博士課程の先輩だったのですが、当時研究室で唯一と言えるオタ友であり、しかも本人が小説家志望の、私からすると先輩執筆者でした。そのMさんの「よく出来てるからどこかに投稿したら？」という勧めもあって、私はそれまで読む専であったなろうにおいて、初めて書く側として小説を投稿したのです。

そうしてその結果、想像以上に大きな反響を頂きまして。すっかり小説を書くのが楽しくなった私は、次々と小説を投稿し始めました。正直に言うと、この小説書き始めの頃には、私にも書籍化というものに対する漠然とした憧れがありました。小説家になりたいというよりも、自分の小説がその業界のプロに認められ、小説という形で世に残る。そのこと自体に、なんとなく憧れがあったのです。それは、人間誰しも一度は抱くであろう「生きている内に、何かひとつでもこの世に自分の痕跡を残したい」という願望のひとつの形でした。別に小説でお金を稼ぎたいとか、アニメ化したいとかそんな大それた願望はなく。ただ一冊、燦々SUNという小説家が存在した証《あかし》を、この世に残したい……という淡い夢を、しかし私は割とすぐに諦めました。

なぜなら、私は驚くほど長編というものに向いていなかったからです。これは謙遜ではなく、事実です。話が長くなると、途中であれこれと書きたいものが増えてしまって、どうしても全体的に冗長になってしまう。それに加えて飽きっぽいのもあり、長くなればなるほど話のクオリティを維持できない。自分で自分の連載小説を読んで、どう見ても素人の趣味レベルで、書籍化に堪える代物ではないということが分かってしまいました。

しかしその一方で、短編にはすごく向いていました。「こういうシチュが書きたい」「こういうキャラが書きたい」と、アイデアだけはどんどん湧いてきたので、そのアイデア一本で勝負が出来る短編は、とことん私向きでした。そうして、私は自ら短編書きを名乗り、次々と短編を生み出していきました。そのうち私のアカウントを何千人という人がお気に入り登録してくれ、短編ランキングにどんどん私の短編が載るようになりました。その結果、一時は短編総合ランキング三百作品の内、十八作品が私の小説という事態にまで発展しました。もっとも、そのほとんどが百位以下で、五十位圏内に入れた作品はたったの一作品しかなかったんですが。

そう、その一作品こそが、他ならぬ短編版ロシデレでした。そしてその短編版ロシデレを投稿した一か月後の２０２０年6月中旬。私の下に、一通の書籍化打診のメッセージが飛んできたのです。

「は？」

というのが、そのメッセージに気付いた私の第一声でした。そして、そのメッセージの送り主があのスニーカー文庫の編集者であることに、私はぎょっとしました。それは厳密には、「書籍化の打診」という段階ではなく、「書籍化を目指すために短編から長編にしてみないか？」という打診だったんですけども。それでも私の心には「いやぁ……無理じゃない？」という思いが強かったです。素人の大会でそこそこの成績を出していた短距離走者が、いきなりプロのマラソン選手になれと言われたようなもんです。しかしそれでも、プロの編集者に、それも天下のスニーカー文庫の編集者の目に留まったというのは、やはり光栄で嬉《うれ》しいもので。私は戸惑いながらも、とりあえず話だけでも聞くことにしたのです。

そうしてリモートでコンタクトを取ったのが、他でもない今の担当編集である宮川《みやかわ》さんでした。宮川さんはまず、『時々ボソッとロシア語でデレる隣のアーリャさん』というタイトルと、『ただし、彼女は俺がロシア語分かることを知らない』というあらすじが完璧であると絶賛してくれました。その上で、短編版ロシデレの魅力について熱く熱く語ってくれ、「自分としては大きな可能性を感じている作品なので、是非一緒に書籍化を目指してみませんか？」と言ってくれたのです。その情熱に動かされ、私も「是非お願いします」と返したのでした。

そして、まずはプロット作成から始めることを約束して、宮川さんとの初リモートは終わりました。突如目の前に開けた、書籍化へと繋《つな》がる道。とっくに諦めたと思っていた、本を出すという淡い夢が叶《かな》うかもしれない。突如降って湧いた思いがけぬ可能性に、私は胸の奥から息を吐き出し……一言、こう呟《つぶや》いたのです。

「よし！　新しい短編書くか！」と。

……ガチです。もう一度言います。ガチです。ノンフィクションです。実際に私のなろうのアカウントを見てもらえば分かりますが、その後もしばらく普通に短編を投稿しています。

ビックリしますよね。世の中には、宮川さんのようなすごい情熱を宿した人間に熱烈な言葉をもらっても、イマイチ響かねぇ輩がいるんです。私です。どうぞ詰《なじ》ってください。

少し言い訳させていただくと、当時は本当に短編書きとしてノリにノってた時期でして。加えて、こういう書籍化打診って途中で立ち消えになることがままあるって話をあちこちで聞いてまして……世に出るか分からない遠くの十万字よりも、確実に世に出せて反響を得られる目の前の六千字って感じだったんです。あとまあ単純に、私自身が新しいことに挑戦するのをすごく面倒くさがる人間だったというのもありますが。うん、言い訳になりませんね。世の小説家や小説家志望の人達からの好感度が、ギュンギュン下がっているのを肌で感じるぜ。あ～あれですよ。世の中には「友達の付き添いでオーディション受けたら、私の方が受かっちゃった」って人が時々いますが、私もその亜種みたいなもんだと思ってください。私みたいな人間にも、思わぬ形でチャンスが転がり込んできちゃうことがあるんです。世の中ある意味公平で不公平ですよね。

そんな張り合いもなければ行動力もない私が、なんだかんだでロシデレ第一巻を書き上げることが出来たのは、偏《ひとえ》に宮川さんのおかげです。打ってもなかなか響かない私を、何度も情熱を持って打ち続けてくれました。「読者の感想なしに十万字とか絶対書けないんですけどぉ〜」とか甘えた考えを持ってた私のために、一話ごとに丁寧な感想を送ってくれました。このロシデレ第五巻を執筆している最中にも、「今のところアーリャのサービスシーンがないんですけど、口絵用にもやっぱり脱がせた方がいいですかね？」という私の問い掛けに、「全国民の為《ため》にも是非やってください」と即答してくれました。その答えを受けて、私は心から「ああ、この人と仕事が出来てよかったなぁ」と思ったのです。

こうして振り返ってみると、私の作家人生はとにかく人に恵まれているなぁと感じます。編集の宮川さんはもちろん、イラストレーターのももこ先生、漫画家の手名町先生始め、ロシデレを多くの人に広めるため協力してくださった方々。そして、兼業作家としての私を全面的にバックアップしてくれている両親。本当に多くの人の支えがあって、ロシデレという作品は成り立っています。と、いい感じのことを言って少しでも好感度を回復してみる。う〜ん、おかしいな？　私にしては割と真面目に話したのに、むしろ好感度が下がった気がするぞ？　自分語りって、した方がいい人としない方がいい人がいるんですね。というか、冒頭に「ほっとんど中身がない駄文が続く」って書いておいて、柄にもなくちょっと中身がある話をしちゃったじゃないか。あ〜もうしゃーない。「特に得るものがない話が続く」に書き直しとこ。

と、そうこうしているともうページがない。う〜む、やっぱりあれですね。私、真面目な話をするのに向いてないですね。それに、あとがきも長ければいいってものじゃないです。むしろ、短い方が面白いものが書けると思います。長くなるとクオリティが保てず、短い方が本領を発揮できる。そう、やはり私は短編書きなのですよ。これぞ伏線回収。またの名をこじつけとも以下略。

くだらないこと言ってたら本格的にページがなくなってきたので、そろそろ謝辞に移ります。いつもいつも大変お世話になっている編集の宮川さん。今回も私の細かいリクエストに応えて素晴らしいイラストを描いてくださったももこ先生。ゲストイラストで、クールビューティーなアーリャを描いてくださったキンタ先生。同じくゲストイラストで、紳士大歓喜なマーシャを描いてくださった緒方てい先生。そして、本作の制作に関わった全ての方々と本作を手に取ってくださった読者の皆様に、白飛びするほどの感謝をお送りします。ありがとうございました！　また六巻でお会い出来ることを願っております。それでは。

P.S. 今回のあとがきを読んで、「おい、どうした真面目じゃねぇか。お前さては偽物だな？」と思ったそこの貴方《あなた》。大変よく分かってらっしゃいますね。体育館裏に来なさい。

「ロシデレ」
これからもよろしくお願い
します :)

時々《ときどき》ボソッとロシア語《ご》でデレる隣《となり》のアーリャさん5

著　燦々《サンサン》SUN《サン》

角川スニーカー文庫　23439

2022年12月１日　初版発行
2024年11月５日　13版発行

発行者　山下直久

発　行　株式会社KADOKAWA
〒102-8177 東京都千代田区富士見2-13-3
電話　0570-002-301（ナビダイヤル）

印刷所　株式会社KADOKAWA
製本所　株式会社KADOKAWA

◆◆◆

※本書の無断複製（コピー、スキャン、デジタル化等）並びに無断複製物の譲渡および配信は、著作権法上での例外を除き禁じられています。また、本書を代行業者等の第三者に依頼して複製する行為は、たとえ個人や家庭内での利用であっても一切認められておりません。

※定価はカバーに表示してあります。

●お問い合わせ
https://www.kadokawa.co.jp/（「お問い合わせ」へお進みください）
※内容によっては、お答えできない場合があります。
※サポートは日本国内のみとさせていただきます。
※Japanese text only

©Sunsunsun, Momoco 2022
Printed in Japan　ISBN 978-4-04-112781-0　C0193

★ご意見、ご感想をお送りください★
〒102-8177 東京都千代田区富士見 2-13-3
株式会社KADOKAWA　角川スニーカー文庫編集部気付
「燦々SUN」先生「ももこ」先生

読者アンケート実施中!!

ご回答いただいた方の中から抽選で毎月10名様に「図書カードNEXTネットギフト1000円分」をプレゼント!
■ 二次元コードもしくはURLよりアクセスし、パスワードを入力してご回答ください。
https://kdq.jp/sneaker　パスワード　uyjcz
●注意事項
※当選者の発表は賞品の発送をもって代えさせていただきます。※アンケートにご回答いただける期間は、対象商品の初版(第1刷)発行日より1年間です。※アンケートプレゼントは、都合により予告なく中止または内容が変更されることがあります。※一部対応していない機種があります。※本アンケートに関連して発生する通信費はお客様のご負担になります。

[スニーカー文庫公式サイト] ザ・スニーカーWEB　https://sneakerbunko.jp/